崑崙傳說

神獸樂園

黃秋芳——著　Cinyee Chiu——插圖

推薦序

破譯山海新謎

李豐楙 國立政治大學名譽講座教授

《山海經》做為文化百寶箱，方便每個創作者從箱中取寶，新創造的寶貝也是新而有趣，由此發現它始終是最好的媒介，將先民與現代人聯繫在一起。華人一向被認為既無神話也缺少想像力，原因在我們不像陶淵明嗜好「泛覽山海圖」？但新世代面對電玩遊戲，到底又是如何創造出炫奇的新虛擬世界？古人與今人在山海世界如何相遇？《山海經》這個文化百寶箱雖則敘述簡略，從人物、動物到無生命物，卻反而留下許多空間供想像馳騁。這些富含創意的神話元素，形成民族共同的文化底蘊，就像新世代創造的電玩遊戲，有機會創造民族風格而形成民族氣派。面對黃秋芳創作《崑崙傳說》的山海圖象，經過現代包裝之後，是否能夠聯結古之人與今之人？關鍵在，此心此理有什麼共通處？

在中華文化的歷史傳統下，如何定性《山海經》的奇幻世界？這問題的答案，若非視為難解，就批判為荒誕不經！在這種歷史壓力下，導致缺少神話想像，既欠缺真正的兒童讀物，也不太懂得遊戲三昧！但看到秋芳筆下的系列新作，發現這種情況正在改變中。

如是改造，亟需超常的勇氣，相較之前的山海創意，她選擇走自己的路，翻轉了傳統的山海印象。原本簡缺至於不足的，剛好可以發揮想像；前後卷銜接不上的，反而成為可資運用的空檔。基於傳統欠缺遊戲的精神，在這裡提供一組觀念：「常與非常」，做為這系列讀物的參考。「常」的秩序導向遍於儒家經典，但「非常」則一直欠缺，就是形成超常、反常的力量。如何將山海世界翻轉為現代版本，將來自古代奇書的創意，以現代人的眼睛觀看？尤其成長在電玩世界的世代，視覺經驗既大異於昔，既注重圖像思維的造型、色彩，也習慣以簡馭繁、以一見多，卻又能極其繁富。故透過「非常」形式可以認識世界，也能從這一組概念取得進入山海世界之鑰。

在《山海經》的原初世界中，「常」就是日常世界所接觸、經驗的所有生物、無生命物，相同的種族、常見的動植飛潛以及常用的自然礦產，這樣熟悉的生活世界雖則讓人感覺有序、安全，卻也重複、單調而殊少變化，故在記錄時常一筆帶過。所以「常」做為一種筆法，只是認識世界的基本形式。

相對的第二種筆法則是「非常」，凡少接觸、罕見的經驗，只有經由組合、拼裝為新物，才能傳達給原本對此不熟悉的人，這就是做為想像形式的創作。其實文明蒙昧期就像兒童一樣，從近認識遠、從常認識非常，也就是從熟悉認識不熟悉，利用這種創意形式，就會形成一個不尋常世界。陌生化正是想像力的發揮，同時兼具真實與想像的拼合。在這種創作方式下，山海世界構成了「非常」的圖書譜系，形成彩色繽紛的山海圖像。這種書籍不斷翻新而後出轉精，相當程度滿足了新世代的想像需求，使兒童文學成為藝術新媒介。同時結合了真實和虛擬，也就是常物與非常物的新組合，這種趣味就像現代電玩世界的創意。

「常」的世界少有故事記載，而「非常」世界則有許多故事可以敘說，其中也銘刻著「跨越時空」的故事。這時「非常」世界不再是條列的，而是綜合了多視角，從地上的異獸到會飛會潛的異物、從與圖內到域外，層層向外舒展空間，這種視野也就從人境到境外，每個繁簡不同的故事，都能引發想像之旅。

如何破解這類奇書之謎？從博物圖誌到巫書祕笈，類似《禹鼎記》、《白澤圖》，都被用於法術中，代表一種神奇的「登涉術」，為了登山涉水先備好入山指南，在森林、溪谷間遭遇奇物就可依方破解。秋芳的新作正可以歸屬這種巫書系譜。遵循了一定的原則、既有的名字，也標記其形狀、顏色，就像擁著《白澤圖》入山，就方便辨識神奸。

在《山海經》中的「咒術性思維」，這種根據同類相感、相治，以相互感應而傳達其屬性，也就是巫術中所謂的「屬性傳達原理」。從巫術、方術乃至道教法術，時間雖然相隔遙遠，但《山海經》做為神祕圖笈的源頭，流傳既久、層面也廣，遠在《白澤圖》、道教法術之上。

秋芳專心投入《崑崙傳說》系列的奇書創作中，利用神話知識創作另一密碼，亟待有心的讀者破解其祕。如此神聖又神祕的奇作既可隨身攜帶，亦能隨興泛覽，相信能夠成為具有神奇效應的當代祕笈！

推薦序

流觀山海經看崑崙山

林文寶　國立臺東大學榮譽教授

《山海經》猶如天外奇書，全書三萬多字，字裡行間皆令讀者嘖嘖稱奇。

這部古籍如何形成？其實至今學界仍覺得一團謎，從原始資料如何採集，又是誰編輯成書，乃至後來流通的方式。雖然畢沅說：「作於禹益，述於周秦，行於漢，明於晉。」但在歷史文獻上仍有相當分歧的說法。唯一大家承認的，就是《山海經》曾配合《山海圖》，採用條列式文字，配合那些描繪奇形怪狀的圖樣。陶淵明曾作《讀山海經》十三首，其中一首的末四句：「泛覽周王傳，流觀山海圖。俯仰終宇宙，不樂復何如？」說明了原本《山海經》正是富有圖卷的，而目前通行的《山海經》，也都是以圖鑑的形式呈現。

山海經的內容稀奇怪誕，不只是講述地理山川，更記述奇山險地存在何種奇禽魔獸，涉及巫術、宗教、歷史、民俗、風土、礦藏等面向，更是神話之淵源，可譽為當代幻想文學中靈感寶泉。

秋芳新作《崑崙傳說》問序於我，令我驚喜交加；驚的是她總算又執筆寫作，喜的是竟是《山海經》的故事！多少人曾以《山海經》為依據書寫奇幻故事，就兒童文學而言，皆流於單篇，缺乏恢宏的長篇。今秋芳三部曲，正是我企踵以待。

今就其中主要角色介紹者，見其《山海經》出處：

陸吾，卷二〈西山經〉：「西南四百里，曰昆侖之丘，是實惟帝之下都，神陸吾司之。其神狀虎身而九尾，人面而虎爪；是神也，司天之九部及帝之囿時。」

開明，卷十一〈海內西經〉：「海內崑崙之墟，在西北，帝之下都。崑崙之墟，方八百里，高萬仞。上有木禾，長五尋，大五圍。面有九井，以玉為檻。面有九門，門有開明獸守之，百神之所在。在八隅之巖，赤水之際，非仁羿莫能上岡之巖。」

英招，卷二〈西山經〉：「槐江之山，實惟帝之平圃，神英招司之，其狀馬身而人面，虎文而鳥翼，徇於四海，其音如榴。」

欽原，卷二〈西山經〉：「崑崙之丘，……有鳥焉，其狀如蜂，大如鴛鴦，名曰欽原，蠚鳥獸則死，蠚木則枯。」

至於**白澤**，不見於《山海經》，完整的故事見於宋代《云笈七籤》卷一百〈軒轅本紀〉：「帝巡狩，東至海，登桓山，於海濱得白澤神獸，能言，達於萬物之情，因何天下神鬼之事，自古精氣為物、遊魂為變者凡萬物一千五百二十種，白澤能言之，帝令以圖寫之，以示天下。」

崑崙山是神話傳說中天帝在人間的都城，也是諸神聚集的地方，還存在著各類奇異的動植物。位在於海內西北方向，沒有一定修為的閒雜人等不可能踏上崑崙山，山方八百里，每一面都有九井和九門，每一道門，都有神獸把守。

作者以《山海經》描述角色的隻言片語，再以崑崙山為場景，企圖揮灑成《崑崙傳說》三部曲，她的浪漫情懷在這次的改寫創作中一覽無遺，星星樹和漫天花雨奠定整部故事偏向童話基調。

除此，文字的處理與選擇精準得當，用詞遣字更與情節同調，華麗繽紛卻平易近人，沒有古典文字的晦澀難讀；選擇的語調也偏向輕鬆幽默，宛若調皮的秋芳親自說著故事、陪伴著孩子共讀。整體的情節設計與文字挑選，肯定能讓讀者能在非常舒服的閱讀狀態下，享受秋芳所創造出的綺麗幻境。

秋芳選擇了開明成為整部小說的主角，從他的誕生開始，展開整個故事的序幕。他在崑崙山所遇到的朋友、所經歷的事件，都是一個個有趣的章回故事。開明如何在這些事件中成長，或者他又要遇到什麼樣稀奇古怪的朋友，也會是一大看點。整個三部曲的鋪陳，相當吻合孩子的成長經歷，想必會有相當的共鳴。

如果你意猶未盡，那就耐心等待下回分解；又如你不服氣、不甘心，或是迫不及待想知道更多，那就拿取《山海經》文本或搭配圖鑑，自己走進崑崙山的傳奇，放縱自己，任由山海經的奇禽異獸奔馳於你想像的幻境，編織屬於你的崑崙傳奇或《山海經》的神話世界，而後故事將流轉、想像不歇。

參考資料：

《觀山海（山海經手繪圖鑑）》，杉澤繪，梁超撰，湖南文藝出版，二〇一八年六月。
《山海經圖鑑》，李豐楙審定，國家圖書館、大塊文化合作出版，二〇一七年九月。
《古本山海經圖說（上、下卷，增訂珍藏本）》，馬昌儀著，廣西師範大學出版，二〇〇七年一月。
《山海經箋疏》，郭璞傳，郝懿行箋疏，漢京文化出版，一九八三年一月。

推薦序

神話、歷練與歸來——黃秋芳《崑崙傳說》的三讀策略

許建崑　東海大學中文系教授

在餐廳的菜單上，看見有「鮮魚三吃、烤鴨三吃」的名目，一定會讓人食指大動。閱讀黃秋芳《崑崙傳說》系列，是否也能「三讀為快」呢？

對我們而言，《山海經》是本耳熟能詳的古代神話故事。「豹齒虎尾而善嘯」的西王母，有三隻青鳥幫她覓食、探路；能煉石補天，還可以摶泥作人，成為人類「造物主」的「蛇身女」女媧，《紅樓夢》

裡的賈寶玉，不也是她的「遺珠」之作嗎？黃帝與蚩尤作戰，應龍和女魃前來助陣，獲得輝煌的勝利，然而他們之間是否有了愛戀，又有怎樣悲慘的結局呢？火神祝融與水神共工廝殺，天崩地裂，女媧又如何來收拾善後？

　　這些零零散散的故事，以前都是單篇而獨立存在的。經秋芳認真思索，為它們編寫了「譜系」、交代人物關係與事件因果，而成就了一部系統清楚的「神話家族史」，真是個了不起的工程。

　　故事透過一個年紀小小的主角「開明獸」來開展：他有九個頭、十八隻眼睛，可以四處張望，是天帝大總管「九尾虎」陸吾的一滴精血化成。名為「開明獸」，自然可以聯想到他聰明、機智，將來要面向「開明」世界，但本質上還是具有「野獸」般的粗獷。他接受陸吾教導，奉行「負責、低調、守護於無形」的「警衛法則」，然而「虎斑馬」英招「漫天花雨」的魔法，以及溫柔、體貼的性格吸引了他，讓他暗中效法「速度」、「力量」的追尋。又因為王母娘娘的寵愛，習得了「摘星術」後，竟把天上一千零兩顆有生命的星星摘下，製成星星樹要獻給英招。這下子惹禍上身，開明獸被判幽禁在深藍的溶穴中。

悲傷、懺悔之際，一個細細的聲音喚醒了他，是星星樹上的小紅星。她在即將失去生命之前，鼓勵他「多花一點時間學習」，並請他幫忙完成「愛與美」的追尋。這個早夭的「同學」，正是開明獸生命中獲得的第一份友誼。

不久，具有廣博知識的「白絨怪」白澤出現，誘導他打開「洞察萬物」的能力。開明「觀看」了盤古、燭龍、女媧、共工、祝融、應龍與女魃的過往，也「知道」陸吾、英招曾參與過戰爭，在「九敗不勝」與「威令必勝」之間權衡，卻都是出自於「愛」的理由。

漸漸長大的開明獸，關注及於四境。夸父、蚩尤、刑天、燭龍，都有一段悲抑難申的過往，他們堅強而不服輸的性格，也都觸動開明的心弦。世上確實有些無可奈何卻又相互牴觸的事情，無法逃避。「是不是該放下遺憾，一如重生的帝江，才能獲得幸福？」開明想著，因此他找來神鳥欽原，在崑崙山麓建立一個「園藝迷宮」，以屏蔽弱小無助的生靈，讓他們得以安棲，也讓神羊土螻帶引人們來到避世桃源。

長大後的開明獸呢？是否留在迷宮修練？還是有新的任務，遠行他方，看見更廣闊的世界？他會不會轉世投胎，到人間走一遭呢？什麼時候，又會回歸崑崙山顛呢？這就要問秋芳，續集還寫些什麼？

這部作品中有趣味、有知識，也有啟示，讓我們陪伴著開明獸歷練歸來，完成遠古的神話閱讀，也省視了自己的內在世界：每個人都可以在錯誤中摸索成長，每個生靈都應該相互疼惜，而負責、低調、守護、速度、力量、愛與美，更是我們人生中受用的功課！

作者序

璀璨的冒險，豐富的神祕旅程！

黃秋芳

做一個天真的人，卸下負擔，不受干擾，安安靜靜的讀著童話，走過一趟又一趟豐富的神祕旅程，是不是很幸福呢？在這些「比真實更真實」的奇幻歷險中，像種子收穫營養，慢慢孵育出我們的「童話腦子」，從生活中體驗趣味，隨時隨地翻新日常。

打開眼睛遠眺，山形高大而固定，日日雲霧繚繞，想像是淘氣的孩子摘了帽子又戴上帽子，又或許是堅強的俠女為善不欲人知，用面紗蒙住自己。目光收回到身前，茶壺有一個大大的肚子，杯子易碎，小鈕扣很喜歡玩捉迷藏。凝視鏡子，又覺得自己的眼睛很膽小，一遇到危險就躲到睫毛後頭。舌頭和鼻子是好朋友，每天都在計畫如何過得好吃又好玩！拇指村不像其他手指村落，熱鬧的形成三個社區，他們只有兩個社區相依為命……

啊，這世界多麼有趣！總是有無限、無瑕、無憾的可能，從來就不需要標準答案。

從小到大，我習慣自由自在、胡思亂想，特別喜歡那些仙靈獸妖，尤其是《山海經》的碎語短句，總像個「歡迎光臨」的熱情手勢，邀我踏進一個想像不到的幻異時空。長大以後，翻讀考古文獻、圖繪藝術和各種嚴肅或搞笑的「研究」，總是深深被守護崑崙山的九尾陸吾和九頭開明吸引，像畫紙上層層疊遞的水色和墨彩，兩個人重疊著、混淆著、渲染著，他們之間究竟會糾纏出什麼關係呢？

我常常發呆，不斷猜測陸吾和開明是不是同一個人？他們相似卻又不同，不是父子、不是師徒，也不是基因複製，還是那其實一種如何延續開展出來的宿命呢？這座神祕的崑崙山，像溫潤而素樸的璞石，安安靜靜的，有一些魅惑力，閃著微微光澤，可惜沒人看得出來裡頭究竟還藏著什麼祕密。

有一天，我翻讀「怪才設計師」亞歷山大·麥昆的傳記，看到他在生命最後時期發表的「寂光」，用十五萬顆施華洛世奇水晶做成一棵聖誕樹，立在一個轉盤上，如雪變成冰，在慢慢旋轉時形成飄渺夢幻的魔法。就在那個瞬間，我同時也看到崑崙山璞石的雜質紛紛掉落，在腦中清楚浮現出一棵「星星樹」，旋生出如幾十萬顆水晶閃爍的神祕歷險，有歡愉、驕矜，也有傷痛、失落。引領我們跟著陸吾和開明有點像、有點不像，有點黏、又有點不黏的關係，隨著書裡每一顆異種心靈一起歷練、成長，從玄祕璞石中，開鑿出輝煌絕塵的晶玉，踏上「崑崙山三部曲」的旅程。

第一集《神獸樂園》，從小開明莽莽撞撞的學習和闖禍，走進英招花雨、白澤獻圖、盤古創世、水火大戰、女媧補天這些有名的傳說，跟著無數逆轉宿命的英雄——燭龍、應龍、蚩尤、夸父、刑天一起抗爭，再慢慢領略鼓的悲傷、帝江的幸福和欽原的園藝，理解天地寬闊，世界沒有「標準答案」，也學會珍惜每一天簡單的美好，只要自己開心，就能找到真正的神獸樂園。

目錄

天地剛剛醒來 75

長大，真好！ 123

角色介紹

陸吾

掌管天界九大神域和崑崙山周邊三千里的天帝大管家。外型是巨大勇猛的老虎，但個性卻十分沉穩內斂。身後九條靈活的尾巴，各自執行著不同的任務。

開明

因為陸吾的一滴血，從溶岩晶玉裡誕生的神獸。擁有靈活的九顆頭和精明的十八顆眼睛，負責守衛崑崙山九個重要出入口。透過「洞察萬物」的能力，可以將意識回溯到上古洪荒時期，體驗天地初開的各種挑戰與冒險。

英招

負責打理天帝位在崑崙山東北方四百里處的「槐江山別墅」。有如馬的壯碩體型上布滿虎斑，靠著一雙羽翼就能夠遨遊四海，特別擅長「表演」百花仙子教他的「漫天花雨」。

白澤

外型是一團朦朧白毛的神獸。通達天下情理，了解各界鬼神、生靈的樣貌和特質，可以說是崑崙山的「知識控」。但他個性孤僻又喜歡搞神祕，總是躲在深山不見蹤影。

欽原

生活在崑崙山山腳下，負責巡邏警示的神鳥。他的體型和鴛鴦差不多大，但卻像蜜蜂會螫人，凡是被他螫到的花、樹、鳥、獸都會死去。常被英招借調去「槐江山別墅」附近巡邏。

陸吾與開明獸

1
陸吾是天帝的大管家

「陸吾」是天帝的超級大管家，除了掌管整個天界九大神域之外，還要照顧崑崙山這一大片「度假勝景」，很少有機會好好坐下來休息。大家常笑說：「天上地下的『陸』地只有『吾』，這就是大管家的使命啊！」幸好他樂在工作，總是這裡走走、那裡看看，無論見到誰都微微一笑，一派悠然自在的模樣，讓人覺得很安心。

人人都知道陸吾很能幹，可是卻沒人了解他的工作有多複雜。先別提天界九大神域的協調和服務，光是一個崑崙山，就夠他忙了！崑崙山是人間連接仙界的神祕通道，遠眺崖際圓直、陡峭，近看山區廣大複雜、漫無邊際。抬頭仰望，神木林立、高不見頂，山勢拔起好像找不到盡頭似的。懸在半空中的花園，因應神仙渡假的四時花期，得隨時調整氣溫和風雨。一層又一層的九重城牆，以及有名的五城十二樓設計奇美。到處湧現的酒香甜泉，以及搖曳美玉光影的深池，無論是在那宴會、休閒、沐浴，還是嬉戲玩水，總能讓人心情放鬆，卸下所有負擔。

備受敬重的「西王母」，定居在崑崙山的「瑤池聖境」。那是個與世隔絕的懸崖高臺，未經許可，就算是陸吾也不能隨意出入。必要的生活補給品，只能在固定的時間準備好，放在瑤池高臺的山腳，等待西王母的使者——全身青亮的三隻青鳥飛來，把補給品背回去。青鳥墨黑的眼睛、鮮紅的頭羽非常顯眼，大老遠就看得到，她們降落之後會和陸吾話話家常。

這三隻青鳥，老大叫「大鵹」，老二叫「小鵹」，而最喜歡和大家湊熱鬧的老么，名字就叫做「青鳥」。從小到大，青鳥每隔一段時間就會向陸吾抱怨：「為什麼只有我沒名字？難道老虎喜歡叫阿虎，豹子會叫做阿豹？」

「因為你是王母最喜歡的青鳥啊！有了你，她就不想再養任何青鳥了，只有你是唯一的『青鳥』。」

陸吾就是這樣，總能找到最好的方法讓大家得到安慰。青鳥聽了，也就開開心心的和瑤池聖境的各種神鳥、神獸一起守護聖境，替西王母傳遞信息、保護神祕的不死樹。

空靈、神聖的崑崙山擁有各種傳說，吸引著不同的仙靈精魂想要靠近。不過崑崙山有天然的屏障，要靠近可不容易。山下蜿蜒的「弱水」雖然以「弱」為名，但其實力量很強，水性也非常特別，它的水面連一根羽毛都撐不起，任何人踏上去很快就會沉沒。西北方的不周山高峻得連上天際，但最可怕的是，崑崙山的外圍有火焰山環繞，高溫烈焰，好像什麼東西掉進去都會瞬間燒融。

崑崙山周圍三千里設了四個大門、五個通道，為了好好看守這九個出入口，陸吾日夜繃緊神經，不敢輕易入睡。夜暗人寂時，才有時間在九座美如幻境的溶穴，靜靜的散步調整心情。不常來的神仙們，以為這些如夢似幻的溶穴是驚人的「玉井」，因為整片景色看起來巧奪天工，連邊牆、欄杆都是用純玉雕鑿出來的。其實常在這裡棲息的精靈都知道，這是具有溶蝕力的七彩仙水，一天又一天、一月又一月、一年又一年，對各種不同形狀的岩石進行溶蝕，薈萃天地精華後，才慢慢雕琢出這千溝萬壑的美景，每一片岩石被浸潤得晶瑩剔透，長年綻放出璀璨的光華。

其中有一座檸檬黃溶穴，它的黃不是黃燦燦的那種金碧輝煌，而是帶著小絨毛的嫩黃色，隨著溝壑起伏和光線移轉，閃現杏黃、梨黃、橘黃、橙黃、淺桔黃、深桔黃、橄欖黃、稻草黃、玉米黃……等色澤，彷彿好風好日讓人放慢步伐，從心底湧現起難以抗拒的溫暖。陸吾在這裡設了辦公室，任何人有事來找他，就像靠近一盞溫暖的燈，心情一寧靜，問題就沒有那麼嚴重了，這裡成為大家小小的庇護所。

大家都相信陸吾無所不能，但很少有人注意到，藏在他強健虎紋身體的後面，有九條尾巴正忙碌的工作著：有的檢查問題，有的監控進度，有的下達指示，有的不斷在修正工作方向，也有的在發現問題時不斷建檔、附註，想盡辦法找出更有效的方法，讓所有事情運作得更順利。其中有一條特別頑皮的尾巴，當大家忙得不可開交時，它卻

喜歡打著拍子繞圈圈，快樂的跳舞。

有一天，這條愛跳舞的尾巴旋轉著，不小心打斷了從穴頂垂下來的七彩溶瀑，玉石稀里嘩啦掉了一地，強烈的震顫牽動更多溶溝、彩筍、石柱、玉林，釀成驚天動地的彩虹雨，一路碎裂不停。

陸吾急著收拾善後，但還是有好多細細的碎片，穿過崑崙山飛濺到人間，慢慢在地面擴張、蔓延。

千萬年後，人類在南歐、東北亞、中國陝西雲貴一帶，尤其是克羅埃西亞的喀斯特高原，發現了這些絕美勝景，科學家都說這叫石灰岩溶蝕地形，或者乾脆說是「喀斯特地貌」，沒人知道這些像彩虹般斑斕的溶穴，其實都是被陸吾尾巴掃下來的崑崙山玉井小碎片呢！

2 開明是陸吾的血

好不容易把穴頂七彩溶瀑碎裂造成的混亂都收拾完畢，陸吾才發現自己受傷了。他用另一條尾巴輕拂過流血的部位，傷口很快就癒合了。但是他沒有注意到，有一小滴血融進了檸檬黃的溶岩，形成一小片血玉，吸收著七彩仙水從天地間澆溶下來的靈氣，慢慢生出自己的神識和魂魄，從此靜靜陪著陸吾工作、休息。

小血玉看著陸吾指導每一個精魂仙靈，安慰所有人和事遇到的不順心、不如意，更堅定了他強烈的意志：「我要像陸吾一樣，守護大家！」這種信念強烈到讓陸吾聽到了他的心聲。陸吾感應到這一小片血玉流動著自己的血脈，又想到崑崙山的九個出入口這麼重要，自己總是日夜忐忑不敢輕易放心，乾脆就趁這個機會，培育一隻可以張開明亮眼睛看緊崑崙山出入口的「開明」獸。

陸吾用專注的意志和深情的等待，為開明獸注入生命。他放大觀想神能，重組小開明的生物特徵，讓開明和自己一樣擁有強健穩定的老虎身體，不過體型稍微小一點，不必太大。陸吾非常魁梧，足足有九十九隻老虎加起來那麼雄偉，光是尾巴一甩就能擊破好大一片玉林，所以他讓開明只保留一條尾巴以免闖禍，再配置九個頭，各自鎖定九個出入口的方向，並特別加強銳利精明的眼睛，隨時瞪大眼睛環視守衛，不讓異常生物闖入，才能夠保護崑崙山的和平安寧。

鎖在溶岩晶玉裡的這一片小血玉，慢慢生出自己的想法。他想要快點長大、快點貢獻自己的力量，趕快成為一個有用的「神」！陸吾感受到還沒出生的開明獸，躍躍欲試的心情愈來愈強烈，隨時想要衝出來大展身手。他怕這孩子太「愛現」，一直灌輸開明「警衛法則」：一定要謹守「負責」、「低調」、「守護於無形」的專業品德。並且反覆強調：如果不能把自己縮小，就無法理解世界的寬闊。

可惜開明獸待在小小的溶岩裡，還沒見識過外頭的世界，日夜模仿的對象都是崑崙山最神氣的大管家，可說是還沒長大就以為自己很偉大。「負責」、「低調」、「守護於無形」這種他還體會不出來的胎教，對他來說難有成效。陸吾暗自慶幸，還好沒接受好友「英招」的建議，為開明準備一雙翅膀，要不然，還不知道會惹出多少是非呢！

英招和陸吾一樣也是個管家，不過他是個清閒的「同行」，只負責打理天帝位在崑崙山東北方四百里處的「槐江山別墅」。槐江山秀麗清俊，是絕美的丘晴江發源地，清澈的初泉映著陽光金輝閃閃，看起來帶有暖洋洋的奶油香，但其實水溫很冷，往北注入渤海時冰涼徹骨，不過盛夏時清涼如秋夜，最適合「避暑」。一整年，英招只忙夏天這個「旅遊旺季」，客人來來去去縱情玩樂，到處都被搞得亂七八糟的，需要費心整理。入秋後人煙漸少，英招就趁這些清閒時日四處閒逛，交了很多好朋友，也互相交換各種神能奇技，讓他在各場征伐邪神惡鬼的戰爭裡展現驚人實力，在神靈界備受尊敬。

當陸吾替開明規畫看守崑崙山需要的「小幫手配備」時，英招就以「管家同行」的立場，拼命推薦一定要加上超級好用的翅膀。可是陸吾反對，強調警衛的職責要「低調」，才能發揮「出其不意」的效果。英招不肯放棄，千方百計要修改成「隱形的翅膀」，簡直幾近強迫推銷，反覆勸說這在緊急時刻絕對可以派上用場！

兩個大管家爭論不休，就好像開明擁有兩個爸爸，在他上學前辯論著到底要上哪個學校？要填哪個科系？要參加哪些社團？還有要學會哪些特殊才藝啊？最後，擔心這隻看守獸可能會變得太頑皮而失控，陸吾終究沒有為開明準備翅膀。但是為了應付「緊急狀況」，兩人商量後，加上了必要時可以打開「洞察萬物、預卜未來」的能力，不過開明獸出生後，他們才發現「洞察萬物」和「預卜未來」太消耗能量，往往一開啟就需要大睡幾天才能補足精神，連淘氣的開明也覺得不好玩，很少啟動「預卜未來」的能力。

和陸吾的低調安靜相比，開明更喜歡自由瀟灑的英招。他覺得最好玩的日子，就是英招來崑崙山的時候。這一大一小都是「玩家」，兩個人志趣相投，都很「愛現」。開明沒有把英招當成長輩，而是認他當超級好朋友。英招總是笑說：「真不枉我費盡心血！這孩子不錯，很像我。」

3
英招的漫天花雨

英招的身體是壯碩的馬，全身虎斑看起來威風凜凜，不僅長得帥，最棒的是，他擁有一雙垂天羽翼，能夠騰空飛行、遨遊四海，飛過的地方愈多，和好朋友交換的神奇異能就愈來愈多樣。很多人發現他和百花仙子特別要好，就是因為他特別喜歡「表演」百花仙子教他的「漫天花雨」。這個招式是從虛空中吸納天地精華，創造出百花盛開的繽紛，加上勁力，還可以在對戰時當暗器。

每次英招飛到崑崙山找陸吾聊天時，總要表演一次「漫天花雨」，強調這招絕對比彩虹溶穴更美。陸吾對他的說法也不爭辯，英招表演幾次之後，沒有比賽對手，也沒有需要說服的對象，愈來愈覺得沒意思。

沒想到自從有了開明，這孩子總是熱情的讚嘆：「英招最強！人間天上，舉世無雙。」一次又一次的央求英招飛到半空中，降下滿天花瓣雨，無論看幾千遍都不厭倦。任何時候開明一看到英招就會纏著他，吵著要學「漫天花雨」。這兩個超級好朋友一拍即合，反覆對「漫天花雨」深入研究、改進。

英招生性自在瀟灑，千萬年的寧靜修練，加上在艱難爭鬥中累積的實戰經驗，讓他可以很輕鬆的聚斂虛空中的天地精華，將之化成百花繽紛，並且乘著氣流自在沉浮，像個大宗師般不慌

不忙的讓到一側，扶著開明的肩一起看花雨輕輕落下。不過開明喜歡把英招推進花雨裡，像個啦啦隊般大聲喊：「用翅膀啊！快，你可以自己畫出更多圖案。」

英招喜歡挑戰。他在花雨中飛翔，加重勁力揮起翅膀，先是繞了個大圈送出花瓣，再循著寬闊的半圓自天空灑下花雨。他那健碩的骨骼和肌肉，配上威武的虎斑，變成了獨特的花舞，在溫柔中洋溢出大戰歸來的歡愉；在溫雅書生的氣質中帶點大將軍的氣勢。接著，他揮舞翅膀驅動花雨，慢慢畫出崑崙山的輪廓，吸引了好多花精草靈跑出來看熱鬧。

這些愛漂亮的花花草草，在英招和開明結為超級好朋友以前，最快樂的事，就是讓陸吾在閒暇時撿幾顆小石礫做成戒指和手環送給他們，他們張開手炫耀七彩石玉，在天空飛舞時宛如滿天盛開的彩虹花，每個人的心情都因此跟著飛揚起來。

現在不一樣了！開明挑起英招藏在「大神」身體裡的孩子氣，花精、草靈、水魂、石魄……這些崑崙山的淘氣生靈們，全都愛上了英招的花雨表演。有時，這些花雨會化成滿天蝴蝶，蝴蝶的幻影又變成飛天鵬鳥；有時，花雨是水裡的游魚，有時又會化成雲中的天龍。最有趣的一次，是他們在隱隱約約的花雨點描畫中放聲大笑，嘻嘻哈哈的歡鬧聲把陸吾引了出來，抬頭一看，漫天花雨組成他的一個頭和九條尾巴，陸吾看了也不自覺的跟著笑了出來。

眼看英招的花樣愈來愈豐富，比百花仙子旋舞得更新鮮有趣，開明愈是要求英招快點教會他「漫天花雨」。開明想到很多點子，可以表演得比英招更厲害！英招想盡辦法，甚至還偷渡內力給開明，但開明卻一直學不好。

這樣練了幾個月，英招嘆了口氣說：「我看沒轍了，你的基因可能受到陸吾制約，生來就得服從警衛守則，一定要低調！」

「這樣說來，我永遠學不會漫天花雨了嗎？」開明都快哭了。

「可惜你流的是他的血，要是我啊……」英招發出慨嘆，沒再繼續說下去。

開明嘆了口氣，接連悶悶不樂好幾天。等到下次英招來崑崙山，他又開心起來，拉著英招看他練習的「漫天花雨」。

開明想到了一個好辦法，他運用自己的九個頭，拉長脖子盡可能延伸出九個方位，並事先在九張嘴裡含著飽滿的花瓣，雖然他沒有翅膀，卻能運用「在弱水上行走」這門晨課練出的輕功，在騰身跳到最高點時，用力朝九個方位吐出嘴裡的花瓣。花雨混著口水，一片氤氳繽紛，讓一向講究優美瀟灑的英招看傻了眼。前來湊熱鬧的花花草草們全都笑彎了腰，有的還笑岔了氣，讓偷偷準備很久的開明獸生了好幾天的悶氣。

「你要學漫天花雨，其實還有個真正的好方法。」和開明一樣淘氣的西王母信使——青鳥，有一天遇見他，忍不住提點：「你可以去求西王母。」

「真的嗎？」自從成為西王母的專屬小管家後，只要西王母出巡，開明都充滿崇拜的看著她無所不能、全心護祐崑崙山神靈的模樣。開明的心中生出希望，但要怎麼做才能讓西王母幫幫自己呢？

4 王母娘娘的摘星術

西王母是天界重要的管理者，在遠古洪荒時期，四地湧現的神、靈、仙、幻、精、魂、妖、獸……全都身懷奇能、各顯本事，高、低階的神格混在一起，經常面臨生死存亡的挑戰和思考。

連年征戰，天地混亂，為了保持警覺，西王母駐守玉山，巡迴警戒，常常滿頭亂髮、更換各色羽毛來混淆敵人的判斷。她化身豹尾、虎齒，保持最高峰的「力量」和「速度」，想在戰亂中存活下來，那是必不可少的基本能力。為了守護和平，更要接受戰爭的挑戰，任何時候都得小心巡守，用尖厲的遠嘯嚇阻可能冒進的威脅；用災疫、刑罰和各種疾病，隔絕入侵的妖異，固守住一定範圍的太平安寧。

西王母深知陸吾謹慎，特別從玉山挪出精英弟子東行千里，在崑崙山選擇「瑤池聖境」做為主要的訓練基地，調訓青鳥，教養出更多才能不同的各級仙子，並且協助陸吾規畫、分配崑崙山的神禽奇獸，全力協助警覺守衛。

崑崙山山腳下散布著長得像羊卻生出四隻角的神獸「土螻（ㄌㄡˊ）」，不吃草，專吃不小心闖進來的惡人。還有一種體型大小和鴛鴦差不多的神鳥「欽原」，他像蜜蜂一樣會螫人，被他一螫，不僅喬木枯萎凋零，任何鳥獸都會死去。樹叢間還有一種「沙棠」樹，果實長得很像李子卻沒有核，要是有機會吃到，就可以飄洋過海、踏水不溺，能幫助一些神力不足的精靈越過弱水。還有一些長著六個頭的樹鳥，或是連名字都說不清的各種植物和動物，都各自具有不同的戰鬥神力。

不知道過了多漫長的歲月，青鳥懂事了，各級仙子的修練也在拼盡全力後靈能不斷提升，原來設計成培訓基地的「瑤池聖境」，緊繃的戰鬥氣息慢慢放鬆，生活多了點閒情，可以自在的過些好日子。

西王母讓各展奇能的仙子們組織自己的團隊，訓練更多副手，他們一個又一個群組，穿上不同顏色的彩衣，標示出獨特的異能：紅衣仙子掌管風調雨順；澄衣仙子關心家庭美滿；黃衣仙子守護嬰幼成長；綠衣仙子專職事業運通；藍衣仙子護佑長壽賜福；靛衣仙子管理身體健康；紫衣仙子祝福情意綿長。

充滿危機意識的西王母，不喜歡穿戴過度華麗的衣飾，而是習慣在天剛亮、清晨露水還沒收乾時到花園散步，根據心情選用幾種不同香氣的花瓣，調製出最新鮮的香精油，再抓起髮絲挽個「看起來很隨興」的髮髻，生活過得很簡單。不過她會選在好風好日的時候準備一些蟠桃，邀諸神眾仙一起到瑤池聖境熱鬧一番。

蟠桃經過三千年開花，再經三千年結果，吃了可以起死回生、長生不老，大家都很珍惜這難得的聚會，總是相互約定，趁西王母生日時一起來祝壽，並且稱這場盛會叫做「蟠桃會」。

對於大家的心意，西王母總是微笑答禮，所以沒人知道，三月三日根本不是她的生日，只是那時春日初醒，花色最美，經歷過戰爭的混亂和死亡的悲苦，她希望大家在最美的時候，珍惜當下的和平安寧，珍惜這神力無法達成的幸福。習慣讓大家「自己想清楚」的陸吾，也從沒說破西王母的祕密。

培育出充滿熱情和創意的開明獸後，陸吾很少提出戰鬥訓練，更不像西王母整建團隊那樣訂出嚴明的檢驗標準，只讓開明獸天真的摸索，自由自在的學習，反而養成了開明與世無爭的純真，讓西王母更深刻感受到太平盛世的安定。

陸吾也感受到西王母對開明的疼愛，所以只要西王母出巡，就會讓開明當她的專屬小管家，一方面讓他長長見識，另一方面也讓他感受一下不同的團隊風格，有益於日後成為看守獸時，以更多元的「瞬間判斷」臨機應變。

長期陪伴西王母，開明獸知道她表面嚴厲但心腸很軟，自從青鳥提醒他「想學漫天花雨可以去求西王母」，他就一直在腦子裡轉著各種計畫，最後終於想了個好辦法。

陪西王母出巡時，他打開「洞察萬物、預卜未來」的能力，預測花葉開闔，再穿過正要盛開的花芽，像大自然的魔術師，變出「漫天花雨」的把戲。西王母覺得很有趣，開明更是費盡力氣，用演戲般的誇張姿態，描述英招表演的花雨點描畫，加上青鳥在旁邊有聲有色的補充，最後開明像小孩要糖吃般，央求西王母賜他「漫天花雨」的神通。

「這是百花仙子的獨門絕學，我可不會。」西王母謙虛的笑了笑。說真的，她這漫長的生命一直以來都在生死邊界奮鬥，很少留意這些牽就美感的小把戲。別看她外表看起來溫柔美麗，她的內心永遠都在為「力量」和「速度」做準備。

想到崑崙山看守獸的職責，是要站在戰爭與和平的邊線上，能力愈強確實可以擔負起更大的責任。如果把開明這孩子氣的要求，善加導向「力量」和「速度」，不也是促成長遠和平的有效修練嗎？西王母想了想，決定教他一手摘星星的絕活。星星有銳角，移動迅疾，在危急時可以當護身武器，更是逃生時的救命工具。

「星星也是生命，非到萬不得已，絕對不能濫用。」好不容易督促開明學會了「摘星術」，西王母在這結業後最重要的一堂課，對開明慎重交代。

開明聽了滿口答應：「我絕對不會濫用！」

從此以後，開明天天把「星星也是生命」掛在嘴上，日夜掛著歡喜的笑容。

5 星星樹

開明學會摘星術後，察覺「力量」和「速度」就是操縱靈力的關鍵，便常繞著崑崙山練跑，向風借速度，不斷訓練自己跟上風速。他從東南方的赤水跑到東北方的河水，再一口氣衝到西北方的洋水、黑水，回到西南方時，除了沿著青水飛奔，更重要的是也用「凌波站在弱水上」的時間長短，測試自己的輕盈和速度。

剛開始，他繞崑崙山一周得花上一、兩個月的時間，後來速度才慢慢加快。每當青鳥傳信時，回瑤池報告看到開明苦練的身影，西王母就特別安慰。以前她認為只有經歷戰亂的人，才懂得珍惜和平，沒想到小小的開明獸會為了責任這麼全力以赴，真是不枉她傳授神通的苦心。

就這樣過了幾個月，西王母身邊的藍衣仙子忽然離開瑤池，氣急敗壞的找上陸吾大罵。

「開明獸在哪？快叫他出來！他竟敢濫用王母娘娘的摘星術，摧毀無數生靈！」

「到底發生了什麼事？」陸吾的神格位階比小仙女高很多，但他對誰都很有耐性，就算不看西王母的面子，陸吾也很少生氣，只是溫柔的安撫她：「別急，慢慢說。」

原來是西王母發現，天上的小星星在這幾個月間死了幾百顆，她仔細盤查，發現致死痕跡看起來很像摘星術，但手法卻很生澀。她猜測是開明獸這個小學徒所為，問題是開明獸雖然淘氣，但怎麼可能會做出這麼殘忍又沒道理的事呢？更何況她曾千叮嚀萬交代，星星的生命也很珍貴，如果真是開明獸做的，那自己就犯下大錯了。神能傳授需要擔負責任，西王母有點懊惱，會不會是自己收錯了學徒呢？

聽到西王母遣使來問，陸吾有點擔心，立刻展開「洞察萬物」的神能搜尋整座崑崙山。幸好，天上、地下都找不到星星的殘骸，剛鬆了一口氣，他卻在一些花樹間，隱隱約約感應到殘存的一點點星光。

陸吾頓時有些不安，只覺得心口沒有理由的發悶，找開明問話，他也只是反覆的說：「不知道！」

「就是你，你怎麼可能不知道？」藍衣仙子更生氣了。

開明還是大聲堅持的說：「不是我！你又沒看到，怎麼知道星星怎麼了？」

「怎麼不是你？」這時，英招的聲音從遠方清楚的傳了過來。「

雙翅膀帶著他如風般捲來，他的手上還捧著一棵星星樹。「就是你！瞧，這是誰為我送來的禮物呢？」

大家一看，好漂亮啊！平滑的底座看起來是崑崙山彩虹溶穴的一大片幽深綠玉，三顆超級大、超級亮的星星，埋在底層撐起主軸，九百九十九顆小星星，繞著圈圈纏繞其上，化成一棵小樹。玉盤輕輕旋轉，閃著魔法微光，流動出幻夢般飄渺清柔的光澤。流光如雪慢慢漂流，又結成細細冰晶，絕美的幻影讓大家都看呆了，一時說不出話來，連藍衣仙子都忘了生氣。

開明大吃一驚，吞了下口水訥訥的說：「英招叔叔，這是我要和你的漫天花雨一較高下的星星雨，你怎麼把我送的禮物帶回來了呢？」

「禮物？」藍衣仙子激動的說：「那怎麼會是禮物？那是一千零

兩顆生命啊！其中還有一顆最特別的星星，是太白星君培育了好幾百年的小愛神耶！」

開明還要爭辯，但英招已經一把抓住他，封住了他的嘴，向大家道歉。

「這孩子託花精靈讓百花仙子把這棵星星樹轉交給我時，我就知道問題大啦！那些愛漂亮的小花仙，平常就喜歡耍玩溶穴石玉做的戒指、手環，她們以為這棵星星樹也是用美玉雕琢出來的，誰也想不到開明這麼大膽，竟然去抓真正的星星，我看這孩子真得要好好管一管！」

「是啊，一定要嚴厲處罰才行！」掌管「長壽賜福」的藍衣仙子最怕面對死亡，她在開明來不及反應前惡狠狠的瞪他一眼，然後轉向陸吾抱怨：「你這大總管是怎麼當的？開明獸作惡在先，接著又諉過

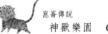

在後，如不好好懲處，整個崑崙山都壞了規矩！」

「這……」陸吾很生氣，但看到開明獸著急的甩動九顆頭，十八顆眼睛也轉呀轉的掩不住驚慌，一時竟不知道該如何引導開明才好。

為了掌管天界九大神域和無邊無垠的崑崙山，陸吾要求自己訓練每一階層的主管，都務必要做到讓大家自動自發。不過每個領導者都需要督促也需要激勵，在犯錯時更得顧慮他們的尊嚴和後續造成的影響，這樣才能確立一個有效率的卓越團隊，讓人願意真心守護崑崙山。

開明為了這棵星星樹，犧牲了這麼多生靈，要怎麼讓他真心悔改呢？

6 是誰在呼喚？

開明為了製作星星樹，濫用西王母的摘星術，造成一千零兩顆星星死亡。英招盛怒，藍衣仙子心痛，人人都盼望陸吾能嚴懲開明，給這些不幸的生靈一個交代。但是陸吾很為難，他知道很多人說他「護短」，對自己的班底包庇縱容，好像他這個大總管只是個象徵，明明負責監護管理卻又沒有好好盡到責任。其實，這個世界上每天總有一些人會犯一點小錯，他已經習慣睜隻眼閉隻眼，放手讓大家自省檢討，直到每一個階層的運作都自動自發，才能形成永續循環的卓越效能。

幸好他規畫得宜、做事謹慎，大部分的小錯也不遮不蓋，總是認真督促大家下一次要做得更好，所以大家也不會過於苛責。「只要用心，每一個人都會慢慢改進」，這就是陸吾長年培養人才的訣竅。整個崑崙山的管理團隊，看到陸吾安閒的東看看、西看看，四處散步，就會覺得很安心。大家也很想知道，他要怎麼引導開明獸知道自己錯在哪裡？

陸吾知道自己對開明獸的引導好像太慢了，跟不上他成長的速度，心裡也特別感謝整個團隊對自己的信任和支持。不過英招和陸吾是具有相同神格的同行，不是工作夥伴，所以少了點等待的耐性。光是想起開明為了送自己禮物，傷害了這麼多生靈，英招就心痛得不斷譴責自己，沒有在開明的成長階段好好盡到教養的義務，怪不得陸吾總是向開明強調「警衛法則」：負責、低調、守護於無形。

英招像西王母一樣，覺得開明犯下這無可彌補的滔天大罪都是自己的錯，就是學了自己這些沒有紀律的自由放縱，才讓開明愈來愈不負責、不低調、不肯守護於無形。來不及等到陸吾開口，英招便一拂手，吸出開明對「摘星術」的記憶，轉身交給藍衣仙子。

英招哽咽著聲音道歉：「這孩子年紀太小，還不懂得運用神能，請把摘星術還給王母娘娘，我們一定會嚴加管束。」

「英招叔叔！你、你……」開明九顆頭上的十八顆眼珠子一下子瞪到最大。英招的決絕，比任何懲處都要讓他心痛，他高昂著頭，九張嘴都憤恨得大喊：「我這麼喜歡你，你為什麼這樣對我？」「為什麼這樣對我？」「為什麼這樣對我……」

「陸吾一向護短，如果我不對你嚴格，你怎麼懂得自己責任重大？」英招斥責開明後，轉向陸吾道歉：「這也怪我，我自在慣了，不像你牽絆這麼多，現在想起來，還是你顧慮得對，想得比我深。自從有了開明，我高興有個孩子作伴，生活變得很好玩，卻忘了他的職責。他這樣怎麼扛得起守護崑崙山的責任？」

「以後我可能有很長一段時間不會再來這裡了，你要嚴加管教！」英招很失落，把話說得很沉痛。他在轉身飛離前，還加重語氣要求陸吾：「這孩子現在就敢摘星星，以後不知道還要惹出多少事，記住啊！一定要嚴加管教。」

看英招反應這麼激烈，開明又這麼傷心，藍衣仙子反而不好意思多說什麼，只輕輕向陸吾點了個頭說：「一定要嚴加管教。」

很快的，四周安靜了下來，看熱鬧的生靈都跑光了，只剩下陸吾、開明和一棵緩緩旋著七彩光芒的星星樹。陸吾感受到開明劇烈起伏的胸口傳出憤懣、不甘，以及被英招背叛的悲傷，一時之間不知道該安慰還是苛責，只是慢慢摸了摸他的頭，一顆又一顆，從這顆頭到那顆頭，把九顆頭的頭髮都一起揉了揉，輕輕嘆口氣說：「你自己好好想想吧！」

最後，陸吾把開明和那棵星星樹，一起關進崑崙山南向冰涼的深藍溶穴裡，那裡和大家日常活動的地方隔了片斷崖，人跡罕至。陸吾想用時間封存開明激烈的情感，等他慢慢平復心情後，才有機會自己把問題想清楚，也才能重新整理、定位自己的未來。

開明在深藍溶穴裡發呆，他出不去，也沒人進得來，只有彩虹仙水凝成微滴，輕輕的滴落下來。他有時會喝點仙水，有時則用彩虹仙水擦拭星星樹，大部分的仙水會滲進基底，讓一顆星星身上慢慢、慢慢的顯露出微紅。這樣過了一個月又一個月，不知道過了多久，久到他以為自己生出了幻覺，竟然聽到一個很細很細的聲音在呼喚：「開明，開明。」

「我是不是瘋了？」開明有點遲疑，因為深藍溶穴裡根本不可能有人。他東張西望，感覺聲音是從星星樹底層傳來的。到底是誰在呼喚他呢？

7 開明的眼淚

開明被陸吾無限期幽禁在沒有人、沒有食物的深藍溶穴裡後，只能強迫自己汲飲彩虹仙水，吸收一點點天地菁華。不知道過了多少個月，他卻聽到有聲音在呼喚他的名字。一開始，他還以為是自己出現幻覺嚇了一大跳，慢慢的，他才發覺這個細細的聲音是從地面傳來的。

開明趴下來認真搜尋，轉著身體分別用九顆頭去確認，總算在星星樹的底層，發現一顆星星閃了閃微微的紅光，不斷的呼喚：「看這邊，看這邊，我在這裡。」

「你、你是誰啊？」開明遲疑的問。這些星星不是都夭亡了嗎？怎麼還有一顆小紅星在說話？

眼看開明還反應不過來，小紅星自顧自的說：「還記得很久很久以前，陸吾陪著你，等你長大，相信你可以幫他看守崑崙山的那些日子嗎？你真幸運，陸吾好愛好愛你啊！我也是呢！太白星君照顧我，就像陸吾照顧你一樣，不過星星成長很慢，瞧，他都照顧我幾百年了，我還來不及長大。」

「太白星君是誰？」開明有點糊塗，忍不住又問。

小紅星認真的回答：「你都沒花時間好好學習嗎？太白星君是金星的守護神，他守護的歲月太長了，長到連他自己都不記得過了多久，只擔心金星是戰神的根據地，經歷漫長歲月的殺伐，混亂的世界更需要愛。他在千萬顆星星中，發現我擁有愛的神能，就這樣盼著我長大，希望我可以為金星注入愛的柔軟和美的嚮往，愛和美，就是我的使命啊！」

「你的使命？你……還活著嗎？」

開明這些日子，常對著這些漂亮卻早已失去生命的星星發呆。「試用摘星術」的好奇得意，和英招「比美」的任性歡愉，帶給他的成就感都只有一下下，但事後的害怕、擔心，以及想起一千多顆星星死亡帶來的悲傷，卻不斷加深他的負擔和痛苦，掩蓋了一切快樂。最讓人難過的是，還要對疼愛他的陸吾和西王母說謊。

開明發現自己一點也不聰明、更不厲害，難怪英招對自己這麼失望。他辜負了唯一的好朋友，也傷害了太多的生靈，不知道要付出什麼代價才能贖罪？他真的好希望這顆小紅星活過來啊！現在卻只能哽咽著聲音，但又充滿希望詢問：「你好了，是嗎？」

「我活不了啦！」小紅星的聲音很微弱，聽起來特別溫柔：「說不定一、兩年裡，或是千萬年後，太白星君還會遇見另一顆小愛星，不過，那都不是我管得了的事了。」

「你怎麼了？」聽到本來就很細微的聲音愈來愈虛弱，開明急得冒汗。

小紅星的聲音還是很溫暖：「我唯一可以做的，就是好好愛你。愛是我的使命，我是為了你才醒過來的，但是只能醒一下下而已。別難過，請記得我不後悔，我喜歡這棵星星樹，她好漂亮，可以讓這個世界變漂亮，好開心……」

「小星星，小星星！」紅光隱去，無論開明怎麼呼喚，整棵樹的星星都只剩下晶亮的銀白色了。

開明傻傻的握緊小紅星，拼命要把她握熱，好像這樣就可以讓她重新活過來。就這樣過了不知道幾天幾夜，星星愈來愈冰冷，開明顫抖著手感到後悔。他多希望時光能倒轉，別讓自己這麼瘋狂、這麼莽撞。

想起小紅星說：「愛和美，就是我的使命。」開明的心揪成一團，感覺痛徹骨髓。從小到大的倔強和一路假裝的堅強統統場了下來，從來不哭的開明，在這沒人的洞穴裡流下眼淚。他想愛，也渴望美啊！人生的變化怎麼這麼難以想像呢？他好想對英招說：「我只是想做個小小的禮物，讓你刮目相看啊！」

但現在別說是英招不想看到自己，就連開明也不想看到自己。他忍不住大哭起來，不斷湧出的淚滴漂浮著好多記憶，感覺如此酸澀卻又這麼甜蜜。

他想起自己只是一小片血凝在黃玉裡，感受著陸吾的疼惜和期盼；想起英招陪他一路成長的愛護和友好，那些難忘的快樂時光，以及最後離別的決絕和痛心；想起西王母對他的呵護和震怒；想起那一片星海中一朵又一朵被自己掐熄的生命火焰；想起小紅星來不及長大的悲哀，也想起小紅星拼盡最後的魂魄之力對自己溫柔叮嚀「你都沒花時間好好學習嗎」；想起自己必須看守整座崑崙山的責任和義務……

開明的眼淚流啊流、流啊流，融進深藍溶穴的底層；又慢慢的流呀流、流呀流，流到檸檬黃溶穴溝底，混進溶穴的杏黃、梨黃、橘黃、橙黃、淺桔黃、深桔黃、橄欖黃、稻草黃、玉米黃……彷彿在好風好日，下了場悲傷的雨。

待在小辦公室忙碌工作的陸吾，忽然停了下來。他相信犯錯時只要懂得真心悔改，世界就會愈來愈安寧美好，接下來，他繼續投入工作，沒人知道為什麼，他那沉靜的面容上，浮現了一抹淡淡的笑容。

天地剛剛醒來

1

很愛很愛你

一天又一天，一年又一年，開明澆灌著小小的星星樹，看她長大，感受到自己慢慢變平靜，也愈來愈理解天帝為什麼這麼信任他的超級大管家——陸吾。陸吾的虎紋九尾，足足有九十九隻老虎加起來那麼大，他除了掌管天界九大神域之外，還要守護崑崙山周圍三千里，卻從來不曾表露過任何得意和驕傲。

崑崙山是人間連接神界的神祕通道，為了幫助陸吾好好看守四個大門、五個通道，開明才會背負著責任和期待長大。他張大銳利的神眼，隨時鎖定崑崙山的九個出入口環視守衛，還加上必要時可以打開的「洞察萬物、預卜未來」能力，確保天地神靈的和平安寧。

開明很感謝西王母傳授他摘星術，讓他獲得更有效率的「力量」和「速度」。後來為了和好友英招的「漫天花雨」比美，他竟然摘了一千零兩顆星星做星星樹，導致英招和他斷交、西王母收回摘星術，最後被陸吾幽禁在深藍溶穴裡，這都是他應得的懲罰。

很久很久以後，幽禁令解除了，但開明還是住在深藍溶穴裡。星星樹隨著彩虹仙水的澆灌，已經種進這間幽囚牢房的玉溝深處，慢慢伸展出彩虹枝葉。小紅星不再發出紅光，冰冷的銀白光輝映照著藍玉，看起來愈來愈漂亮，就像小紅星在實踐她「愛與美」的使命。每天醒來，開明獸都會打起精神和她打招呼：「你真美！我啊，很愛很愛你。」

雖然沒了西王母傳授的摘星神能，但是他知道摘星術的靈力關鍵就在「力量」和「速度」。開明努力維持和以前一樣的修練習慣，繞著崑崙山練跑。他從東南方的赤水跑到東北方的河水，再一口氣衝到西北方的洋水、黑水，回到西南方時，除了沿著青水飛奔，還要用「凌波站在弱水上」的時間長短，測試自己進步的程度。

時間從一秒變兩秒、兩秒變四秒、再從四秒變八秒……雖然進步不多，但只要時間翻倍拉長，他就會在星星樹的小星星上，加上一小塊冰晶藍溶玉，再注入旋轉靈力，讓這棵樹愈長愈高、愈來愈漂亮！就像是呼應小紅星的最後叮嚀：「我喜歡這棵星星樹，她好漂亮，可以讓這個世界變漂亮，好開心……」

照理說，他奔跑的速度愈快，繞崑崙一圈的時間就會愈短，不過小紅星曾經說他「沒花時間在學習上」，他把這句話記在心裡，決定把大部分的時間用來理解這個他必須拼命守護的世界。

隨著奔跑的速度加快，開明也學會放慢行走速度，騰出更多時間吸收和整理。他就這樣愈走愈遠，一直走到崑崙山每一個僻靜幽遠的地方，聽風、看雲、觀花、察葉，比較每一片石頭的紋理、凝視每一種水色的翻動，然後再一遍一遍的畫在沙地上。雖然圖畫很快就會被風吹去，或被雨淹沒，他還是透過寫寫畫畫去思考、整理。有時候，他還會把天地的姿態，延伸到自己奔跑伸展的身形。

「你在做什麼？」有一天，蹲在地上畫畫的開明獸，忽然聽到一個聲音。他本能的跳了起來，在轉身時看到一團朦朧的白毛。這團白毛感覺很親切，但是形體不定。開明揉了揉眼睛想要看清楚，卻只覺得本來就很白的雪白毛團變得更白了。

這一團朦朧發出笑聲：「別再揉眼睛啦！這是我的幻形術，你永遠看不清的啦！我是白澤，通達天下萬物情理，了解各界鬼神萬物的樣貌和特質，我知道你想要學習，可是這樣自以為是的畫呀畫的，你到底有沒有想清楚自己究竟想要學什麼呢？」

「我真不知道自己想要學什麼。」開明獸有點不好意思，九顆頭用整齊劃一的動作搔了搔頭髮，接著訥訥的說：「小紅星說我應該多花一點時間學習。」

「小紅星不在啦！而且永遠不可能活過來了。」白澤說得很乾脆，好像很習慣潑冷水，「你從檸檬黃溶穴石片中走出來，是第一次出生，帶著天真和頑皮拼命胡鬧，只要開心就好；從深藍溶穴走出來後，就像第二次出生，我知道你不一樣了，可是你想過嗎？你究竟想過怎樣『不一樣』的生活呢？」

「你、你怎麼知道我在想什麼？」開明獸又驚又喜，好像心裡的感覺被人一語道盡。他好奇的問：「你到底是誰？」

「我就是白澤啊！什麼都懂，還可以讓人逢凶化吉。」

人人都說白澤是祥瑞獸，但他不想應付太多人對他的祈求，所以總是躲在崑崙山最深的山區。可是看開明獸一圈又一圈的繞著崑崙山奔跑，常常眺望崑崙山的邊界，疑惑世界的邊緣是什麼樣子？又吶喊著世界的最初是什麼樣子？白澤才忍不住跳出來和開明做朋友，因為他喜歡開明獸那無所求、只是很單純的對世界保持好奇，而且願意守護這個世界，讓世界保持原來的樣子，永遠不貪婪、不苛求，也不對別人多做要求的自由樣貌。

白澤露出笑容，模仿開明獸的聲音，笑著打了個招呼：「我啊，很愛很愛你唷！」

2 真正的白澤圖

認識白澤這個「知識控」以後，開明獸更發覺得世界很大、自己很小，要專心練跑，保持對「力量」和「速度」的修練。他沿著四個大門、五個通道，深入崑崙山的每一個轉折，小心畫出地圖，加固所有可能被突破的脆弱點，也註記災難來時可以善加運用的地形和花樹，更認真和各地的奇禽異獸交朋友，努力發現每個人的個性和專長。

愈是了解大家，開明愈覺得每個人都有責任守護崑崙山，而且每個人也都可以發揮剛剛好的協調作用。他發現陸吾早就妥善的運用每個仙靈神獸的能力，讓大家愛上自己的土地，真心相互依存，也許這就是陸吾從小訓練他「自己想」的最主要原因。白澤說開明從檸檬黃溶穴石片中走出來，是第一次出生；從深藍溶穴走出來後，算第二次出生。他慢慢的感受到，認識白澤、懂得深刻學習，是他最有意義的第三次出生。

他開始理解陸吾從胎教時就不斷提醒他的「警衛法則」，只要謹守「負責」、「低調」、「守護於無形」的專業道德，就不容易犯錯。以前開明很羨慕英招的自在瀟灑，現在回想起來，英招看起來活得率性，但他其實總是不斷的在交換異能，提升自己的能力。英招在以離崑崙山東北四百里的「槐江山別墅」為圓心，向外擴大範圍四處飛翔時，觀測天境神界的細微變化，這就是他「負責任」的方法！

白澤是個很棒的老師，他不對開明說教，只是一段又一段的演示故事，讓他體會天地初醒便經歷了太多戰亂。生命的卑微和尊貴，在生死邊界也特別讓人感動。因此好不容易上古諸神各自安歇，天地神靈形成平衡，只要有一點點和平的契機，我們就應該認真守護。

根據古老傳說，在天地初開的大混戰中，「黃帝」受到神靈祝福，先有雞頭、燕嘴、龜頸、龍形、駢翼、魚尾且五色俱備的鳳凰獻瑞，又有黃龍浮出黃河獻上河圖洛書，最後他在巡行東海邊時，遇見了白澤獻圖。

黃帝命家臣將白澤描述的妖怪鬼神一個個畫成圖畫，製成《白澤精怪圖》讓大家參考。這本書中記載了各種神怪的名字、相貌和驅除的方法，並配有神怪插畫，當人們遇到怪物時，只需按圖索驥、加以查找，便能驅惡避邪。後來白澤被尊為祥瑞的象徵，加上傳抄摹寫的人太多了，大家在封面上就乾脆只寫上簡單的「白澤圖」三個字，好像這樣就可以把白澤安放在身邊，讓自己活得更安心。

早就聽過這些傳說的開明獸，向白澤索取了一本《白澤圖》，準備當做研究的範本。他不怕神怪妖物，只是想好好學習。

白澤笑了笑說：「世界上哪有真正的《白澤圖》？天地變化得這麼快，每一種神靈仙魄都在歲時菁華中淬鍊自己，也常在許多異能誘惑中迷失自己。日月悠悠，大家都在不停變動，哪裡有一本固定的圖錄可以傳抄？」

「那怎麼還會有《白澤圖》呢？」開明獸想不明白。

白澤朦朦朧朧的形影裡，透出一點點悲傷，他淡淡的說：「我的神級不高，就算拼命修練也無法提升太多神能。遇到黃帝這個強大的靈能集團，不這樣說，又怎能自保呢？」

白澤聰明、博學，擁有過目不忘、無限推論的智能。當黃帝集團從四面八方布下圓環形警戒，再慢慢縮小包圍時，他便知道方圓數百公里的生靈都將難逃圍獵。最後白澤主動現身，運用「幻形術」放大幸福幻影，釋放出一種讓人放慢速度的寧靜，再讓這股力量滲進每一個人的心底，像一顆溫暖的種子，在戰地中開出溫柔的小花。

他不慌不忙的向黃帝演示了天下一萬一千五百二十種妖怪鬼神，而後提醒黃帝遠眺東海無邊無涯的海面，以及再過去更遙遠的遠方，還有浮移難追的蓬萊、方丈和瀛洲仙山，天寬地朗，世界比我們所能想像的還要廣大。最後，白澤憂心忡忡的警告黃帝，妖怪鬼神將幻化出無限物種，他們絕大部分會因為世道混亂而現身，每一個國家、部族，甚至是每一個人神仙靈都要嚴加管理、學會自律，否則撞見妖邪、魂飛魄散，常常是自己招致的下場。

「真的嗎？」開明獸聽得好專心。

白澤抖了抖蓬鬆而微隱的雪白長毛，淡然的說：「誰能確定呢？我唯一知道的是，我要努力透過知識保護自己，同時守護更多人可以一起共存的幸福。」

哇，真棒！開明獸覺得非常感動。白澤透過知識保護自己、守護更多人，讓他忍不住自問：「我呢？我可以用什麼力量保護自己，又守護這整座崑崙山呢？」

3 盤古和燭龍

在找到「能用什麼力量保護自己、守護崑崙山？」的答案以前，開明習慣透過練跑來提升「力量」和「速度」的靈力。他從東南方的赤水跑到東北方的河水，再一口氣衝到西北方的洋水、黑水。在那裡朝北方看去，一片幾乎什麼都看不到的無限蒼茫，總是能勾出他一百萬種的好奇。

開明想了很久，決定啟動「洞察萬物」的能力，張大眼睛拼命往遠方搜尋，而他感受到了一股撐天而立的「混」氣，以及立足荒野的「沌」氣。這兩股氣那麼的青澀生猛又渾厚溫暖，覆天載地的盪漾著深沉又溫柔的憐惜和呵護，好像有什麼豐富的樣貌在翻滾、呼喚著……

開明奮力撐起精神，想要看得更清楚一些，沒想到精神卻愈來愈弱、愈來愈疲倦。像這樣上窮千萬年的探索實在太消耗能量了，他終於支撐不住倒了下來，就這樣沉沉睡去。在似睡非睡、將醒未醒之際，開明感受到一種天地未成、元氣未分、蒙昧模糊的黏稠感，彷彿有人在他身體裡掙扎、翻滾著。他忽然深刻感受到一種強烈的悲憫，以及不惜犧牲一切的深情，在沉睡一萬八千年之後，奮力的將天推遠、把地踏深。

頓時天地一片混沌，分不清上下左右，也辨不出東西南北，開明覺得自己好像同時也是另一個人，感受到一股力量，促使他迫不及待的想要睜開眼睛。周圍一片漆黑，什麼都看不到，他找不到工具，只能拔下自己一顆銳利的牙齒，當做巨斧，不顧一切的向四周劈砍。

包覆著他的黏稠渾圓體終於破裂了，有的浮、有的沉，輕而清的氣不斷上升，變成了天；重而濁的土不斷下降，變成了地。

啊，開明終於明白了，這就是「盤古」！他闖進了盤古殘留的意識，感受到純真而毫無保留的付出。頭頂天、腳踏地，誕生於天地之間的盤古奮力撐開天地，在其間不斷的成長。他的頭探向天，化為神；腳立在地，轉為聖。天，一天又一天升高一丈；地，一日又一日增厚一丈。又經過了一萬八千年，天變得好高，地也變得好厚，盤古的身體變得好長好長，就這樣和天地共存了一百八十萬年。

直到盤古想清楚，他必須用自己的基因血肉，才能澆灌出一個充滿生機的世界，於是他安心的倒下，把自己的身體奉獻給了大地。在倒下的剎那，盤古微笑著感受左眼飛上了天，變成太陽；右眼也飛上

空中，變成月亮；而他眼睛裡晶瑩的淚水撒向天空，化成萬點繁星，給大地帶來光明和希望。他的汗珠變成地面的湖泊，血液變成奔騰的江河，毛髮變成草原和森林，筋脈和肌肉變為地理和田土。皮毛成草木，齒骨成金石，精髓化珠玉，他呼出的氣體變成清風和雲霧，發出的聲音變成雷鳴，四肢五體化為四極五嶽，最後僅剩的一點魂魄則化成了「燭龍」。

燭龍打開眼睛，盤旋在天地之間，繼承盤古的遺志，主宰蒼茫天地。他俯瞰萬物蒼生，觀察天地萬眾生靈的生死浮滅，當他發現天地一片寂寥、沒有生機，就知道盤古的工作還沒有完成。雖然盤古用生命做為代價打破空間的混沌，可是時間的長河還是沒有流動，仍舊凍結在虛無之中。

燭龍的身體化為千里長蛇，拼盡一切神力漲得全身赤紅，在漫長的時間混沌中蜿蜒，切開時間，讓日月開始流轉。終於岩石有了層紋，樹木有了年輪，萬物的生滅在他雙眼的開闔裡開始運作，他張開眼睛，天地就形成白晝；閉上眼睛，時間又回歸黑夜。燭龍的呼吸成了風，吹氣為冬天，呼氣為夏天，還可以呼風喚雨。不過燭龍好累好累，常常沉眠蟄伏，隱於冥冥虛無之中。他不喝水、不進食，甚至也不呼吸，直到再次慢慢甦醒，張眼就又是白晝，呼吸又變成風……

彷彿在黑暗中找到了光亮，在燭龍之後的無盡歲月裡，天地間終於出現了上古神靈。不知道過了幾千年幾萬年，開明獸在睡夢中看著盤古、燭龍，也心甘情願化成盤古、轉為燭龍，無論白澤怎麼喚他、推他，開明始終不想醒來，只是一直沉睡著，連呼吸聲息都愈來愈稀薄，就這樣不知道又過了多少天多少夜……

白澤很焦慮，不得不通知陸吾：開明獸已然沉入時間的混沌，凍結在虛無之中，像一顆蛋黃熟睡在飽滿的蛋白裡，圍繞時空混沌還沒切開前的舒適寧靜裡。如果沒有開明特別在乎的人和事，他可能會永遠醒不過來了。

陸吾使盡神能，還是無法喚醒開明獸。開明似乎寧願跌進什麼都沒有的黑暗中，這裡沒有後悔、沒有疼痛、沒有負擔、沒有遺憾，他總算不必再流淚，也不必背負愧疚，能回到最乾淨的最初了。

4 女媧補天

開明獸的神級不高，靠著「洞察萬物」的能力連接到上古洪荒後，他那不算豐沛的靈能，像一股小氣流被捲進無邊無盡的時空混沌中，很快的便沒入了盤古和燭龍強大的氣場。開明以為自己在黑暗中找到了光，他感受到被緊緊包覆的溫暖，沒有後悔、沒有疼痛、沒有負擔、沒有遺憾。他心甘情願放棄一切，回到什麼都沒有的黑暗中，就這樣一直沉睡下去。

白澤喚不醒開明獸，陸吾接到通知後耗盡神能想讓他醒來，卻也解不開開明獸自願沉睡的無邊黑暗，只好把他送回深藍溶穴，讓他睡在星星樹下，枕著早已轉成銀白色的小紅星。

開明獸睡啊睡的，遠遠的、如真似幻，他好像聽到一個很細很細的聲音在呼喚：「開明，開明，開明。」

一聲又一聲，延續著一聲又一聲，漫長到開明獸以為自己生出了幻覺。關閉已久的意識翻動了一下，好溫暖的聲音啊！到底是誰在呼喚他呢？

「開明，你想醒過來嗎？」這個輕柔的聲音和小紅星的聲音有點像，仔細辨認，卻有一種更厚實的溫度，只是語調比小紅星慢一些而飽滿，像千風搖曳般姿態豐富。

開明獸終於動了動，那聲音又問：「有沒有想過，還有什麼事等著你去做呢？」

開明獸什麼都沒說，他的神識還沉浸在時空混沌中半醒半睡，只覺得有一股很溫暖的潮流，牽引著他的意識慢慢前行。

眼前的天地剛剛醒來，氣流驟變，太陽時而太熱、時而忘了出勤，星月迷途，湖泊翻轉，雷電觸動森林大火，大雨成災，山洪暴發，洪流形成汪洋，奔騰的江河怒濤洶湧。惡禽、猛獸、巨鳥、神莽隨著波濤竄出，風雲雪霧四處肆虐。強烈的震盪，逼得開明獸張開雙眼，他看到天柱斷折，半邊天幕塌了下來，大地裂出一道道深溝，哮吼的大地聽起來好像即將崩裂，宇宙馬上就要毀滅了！

然而，一張細緻卻堅定的面容，吸引了他全部的注意力。不知道為什麼，開明一下子聯想到小紅星，這樣專注的神情，表現的就像是「愛和美」的力量。

開明打起精神，看她掃動身後那條長長的蛇尾巴，從大江大河裡揀選各種五色石子，然後架起天火，強勁的搧起火焰將五色石燒成糊漿，再用這些五色石漿去修補天地的裂縫。她一邊鍛燒石漿，一邊不斷的掏洗五色石，堆出一座又一座五色石山。後來，天地的裂縫修補得差不多了，她便殺了作亂的大烏龜，砍下他的四隻腳做為立柱，撐起天的四極；又和召喚滔天巨浪的黑龍決戰，趕走各種惡禽猛獸；然後收集森林大火後留下的灰燼，堆積成堤壩，平息了滔天的洪水。

開明獸深吸一口氣，忽然什麼都明白了，他指著剩下的那些五色石頭山，大叫一聲：「原來您就是女媧娘娘！」

「你醒啦？」女媧回眸一笑，像溫暖的冬陽融化了冰封的雪地，結凍的時空開始流動。

接下來，開明獸看著女媧手摶黃土，一個又一個做出各種人偶，但因為太耗勁了，後來又想出甩動繩索在攪拌好的泥潭抽打，噴濺出來的泥點，一點一滴有了意識，也就各自開展出不同的人生。有人

說：「人世間聰明富貴的，都是女媧小心做出來的黃土人；那些貧賤平庸的，就是濺出來的泥水人。」

才不是這樣呢！看見女媧關切、期待的神情，開明獸一下子就明白了，這些泥人不分階級好壞，全都是她的寶貝，連他這種九頭獸，也是她真心守護的孩子。

開明忍不住問：「我是怎麼了？」

「你啊！就是孩子氣，以為每天繞著崑崙山跑，就可以忘記悲傷、認真學習守護的能力。」女媧像陸吾一樣，一顆又一顆摸著他的頭，從這顆頭到那顆頭，把九顆頭的頭髮都揉了揉，又抱了抱他才繼續說：「但你的傷口根本還沒痊癒，你始終覺得自己很壞，害死了一千多顆星星，覺得就這樣睡去，也算是贖罪了。」

聽著女媧溫柔的聲音，不知道為什麼，開明獸的眼淚拼命的掉。

女媧抱起他仰望天空。「你看，這世界那麼大，天地剛剛醒來的時候，不知道犯過多少錯，很多人死亡，也有很多人繼續在奮鬥。如果你繼續悲傷下去，會顯得小紅星的出生和死亡，都是為了帶給別人不幸。可是啊！如果你抱著一定要幸福的決心，也努力讓更多的人幸福，小紅星要是能知道，不也是她的幸福嗎？」

我們要抱著「一定要幸福」的決心，才有能力讓大家幸福啊！開明獸剛想清楚，卻忽然又糊塗了，他疑惑的問：「天和地的裂縫都補好了，怎麼還剩下這麼多五色石頭山呢？」

是啊，怎麼還剩下這麼多五色石頭山？女媧露出苦笑。天地初醒，就是讓我們不斷在錯誤中學習啊！

5 水火大戰

天地剛剛醒來的過程，就像我們從搖搖學步中慢慢長大，一下子好奇探索，一下子跌倒，一會兒開心，一會兒又大哭，整個世界就在一大團黏稠混沌的氣流中不斷調和、重整。

神靈的出生和甦醒，都帶著各自的理想和計畫，想要為世界做些什麼，卻又不確定做出來的結果會變成什麼樣子。

太陽的陽剛絕烈化為女神「羲和」，生了十個太陽；月亮的陰柔清冷孕養出「望舒」，謙卑的為月亮駕車；大自然的土地精華薈萃化型成「青龍」，他的龍身翠綠，洋溢著祥和的草木靈氣；還有一條大川叫做「雷澤」，水澤浮滾著雷電，這些雷靈精華化為上古雷神。

雷澤有著人頭龍身，常鼓起自己的肚子放出響雷，非常孩子氣，而且喜歡頑皮的偷溜到各地玩耍，留下巨大的腳印。有位天真的少女「華胥氏」，繞著這特別的腳印好奇的踩了踩，對應自己的腳掌大小，奇怪的是，腳底傳來雷電般的溫熱，這些神祕的靈氣纏繞著她，後來，她生下了「伏羲」。

人頭蛇身的伏羲，身上帶有一點龍鱗片，從小展現出乖巧的自制力和驚人的高智商。後來華胥氏又生下「女媧」，也是人頭蛇身，特別善良。他們長大後，聰明的伏羲幫著溫柔的女媧造人，承擔各種人體器官設計和分化的細節，一起為人類的生活發明了很多有用的工具。

還有啊！已經成為「少典」正妃的「女登」，在華陽遊玩時遇見了「青龍」，生下「神農」。神農有著人面龍顏，因為擁有樹靈神龍的祝福，出生三個時辰後就會說話，五天後可以走路，七天後牙齒就長齊了。最奇特的是他有個水晶肚子，五臟六腑全都看得一清二楚，長大後為人類找食物、嘗百草，只要藥草有毒，他的內臟就會變黑，可以判斷什麼藥草對人體的哪個部位有影響，這樣就可以進一步為人類的健康把關。

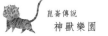

最棒的是，天地中的火靈精華薈萃出了火神「祝融」，為人間帶來火種，使人們擁有光明。不甘示弱的水靈精華，也匯集成水神「共工」，給大家帶來滋養生命的水。在黑暗又原始的荒野裡，人們最喜歡圍著火堆互相作伴、聊天、唱歌，一起想像未來，還可以烹飪食物——熟食不但美味，也比較不會生病。

就這樣，人們愈來愈喜歡火神祝融，水神共工又氣又怒，他相信水才是生活中最重要的必需品，憤恨的說：「沒有火，只是有點不方便；沒有水，人類還能活嗎？」

共工因為妒忌，決定向祝融挑戰，調來五湖四海的洪水，想要淹了祝融的光明殿。眼看就要成功，大水卻在即將攀頂時塌了下來。共工為了破壞水流的方向，撞斷了不周山，沒想到天降洪水、四處竄流，不僅沒有打敗光明殿，還破壞了女媧好不容易在重建破碎虛空時確立的四極天柱。「轟」的一聲巨響驚天動地，神靈萬物心魂俱亂。

曾經補天的女媧瞬間趕了過來，誰能想到在這麼短的歲時變化中，她又得第二次補天了呢？幸好，這一次她儲備了足夠的五色石山，鍛燒五色石漿做起來也更加熟練，只是在修補不周山時，她掩不住濃厚的悲傷，因為她勉強用大龜四腿撐起的四極，本來就極為脆弱，現在做為西北天柱的不周山塌了下來，造成天空傾斜，日月星辰不得不向西運轉。東南大地受到震動而缺損，陷塌成海洋，川河、溪流、穢瑕、塵埃統統朝著海洋灌注下去，好不容易整理好的四極秩序，又再次混亂了。

「天界和人界從此切開，我們也不想再過度介入人類的生活。」女媧對剛剛醒來的開明獸說明：「所以崑崙山成為神界和人間的最後通道，全得靠你費心看守了。剩下一些沒用完的五色石，如果有緣，就能發揮出殘留的洪荒法力。」

「我知道，就像掉在大觀園的那顆通靈寶玉，原型就是五色石。我還以為那是唯一剩下來的五色石，原來還有很多啊！」開明獸轉向一直陪在他身邊的白澤發問：「你不是無所不知嗎？應該知道其他鍛燒過的五色石在哪裡吧？我們先把這些五色石找出來，說不定可以派上用場啊！」

女媧和白澤相看一會兒，靜靜的笑了起來。仙緣奇遇多半都是偶然，哪裡可以事先準備呢？

天地剛剛醒來，讓我們不斷在錯誤中學習。神界如此，仙、靈、妖、異、人間、天上，哪裡不是這樣呢？開明獸任性過、頑皮過、後悔過、放棄過……在犯了這麼多過錯以後我們學會選擇，總有一天，便能修練成讓自己更喜歡的那個樣子。

6 應龍和天女魃

「女媧娘娘真厲害！」自從女媧引導開明獸的意識走出時空混沌，開明開始不斷想著：該做什麼樣的修練，才能像女媧娘娘這樣守護天地？

開明喜歡在沙地裡畫那些他沒參與到的過去，為那些傳說不斷加入豐富細節的想像，尤其是女媧與黑龍決鬥的場面：黑龍裂天而降，張口吐出傾天洪水，淹沒天上人間，而女媧從洪流中騰身飛出，威風凜然。

白澤笑了笑說：「黑龍不算厲害，應龍才厲害呢！鱗身脊棘，頭大而長，嘴脣很尖，牙齒很利，眼睛小，眼眶大，眉拱高，前額突，鼻子和耳朵都很小。他粗看有點像大鱷魚，但頸細腹大，尾巴尖長，四肢強壯，龍身兩側還有一雙翅膀，力大無窮、無所不能。」

「哇，好神祕！他又發生了什麼故事？可以快點告訴我嗎？」開明獸聽了心生嚮往，不斷催促白澤。

白澤不太具有戰鬥力，但靠著一肚子的知識和典故備受敬重，說起故事更是新鮮生動。

話說很久很久以前，黃帝在西泰山大合鬼神，「蚩尤」在前方引導、「風伯」掃去塵埃、「雨師」清洗道路，聲勢非常壯大。只可惜和平的日子沒過多久，在冶煉技術和武器設計上極具天分的蚩尤，憑著獨特的領導魅力，聯合北方的巨人「夸父」發動了戰爭，準備對抗一直想要統一天下的黃帝。

憑著精良的戰鬥裝備，蚩尤陣營人人銅頭鐵額、九戰九捷，連風伯、雨師都加入作戰，颳起狂風，下了暴雨，魑魅現身、大霧迷離。黃帝沒辦法，只能用謀略機智聯繫四地的部族，以熊、羆、狼、豹、貙、虎為前驅，用鵰、鶡、鷹、鳶為旗幟，對抗勇猛慓悍的蚩尤集團，還找來應龍幫忙蓄水，但仍止不住風雨洪流。在萬不得已的情況下，黃帝只好讓身懷乾旱異能的女兒「天女魃」下凡，止水吸濕。

最後在九天玄女的協助下，想辦法獵捕「夔龍」，那真是一段辛苦而漫長的追逐！因為夔龍長得像牛卻無角，靠著單蹄跳躍而行。他跳躍的時候地動海湧，出入水面必有風雨，聲如雷霆、光如日月。好不容易抓到他，剝了他的皮做大鼓，再用獸骨做成鼓槌，那鼓聲能響徹方圓五百里，讓黃帝的陣營士氣大振。另一方面，黃帝精心製作出指南車，在迷霧中指引方向，讓應龍找到機會，出其不意的殺了蚩尤和夸父。

不幸的是，大戰結束後天女魃和應龍都因沾上蚩尤的咒力，同時也因為神力耗損而回不了天界。

開明聽得既敬佩又感傷，忍不住追問：「後來呢？黃帝有沒有派人接他們回天界？」

白澤笑得很淒涼，停一下才繼續他的故事。龍的神性是水，天女魃的神性為火，原本就相斥相剋、無法靠近。可是，應龍不是從混沌中孕育出來的神龍，而是由水虺（ㄏㄨㄟˇ）修練五百年化為蛟，蛟又千年化為龍，龍經五百年為角龍，又經千年才成為應龍。天女魃看著他在三千年間逐步演化，因此心生憐惜，只要應龍遇到困境，都用天界最美的歌聲來安撫他的幻化。即使無法面對面，只憑著聲音聯繫，應龍還是慢慢愛上了那擁有美麗歌喉的女子，天女魃也不知不覺在聲音裡注入了深深的感情。

大戰獲勝後，天女魃擔心應龍回不去天界，於是暗中把應龍身上的咒力轉移給自己，相信父親一定會來接自己回去。沒想到被伏羲和女媧封印的「犼（ㄏㄡˇ）」，竟然趁著這場大亂逃出一縷魂魄，一直潛伏在幽暗處，趁天女魃神力盡失時搶奪了她的身體，並將自己的魂魄和天女魃盡數融合，藉此逃出封印。

天女魃的神能從此發生異變，走到哪裡就造成詭魅的乾旱。一開始，天女魃還保有一點點意識，便急著趕往北極，想隱身在天寒地凍的冰穴中，但因為不捨和悲傷，她的神識特別脆弱，終究對抗不了長期吃人的犼，不久後變成了妖王「旱魃」，所到之處乾旱四起、草木枯萎，更容易四處作惡。

無奈之下，黃帝只好命應龍殺了旱魃。在旱魃臨終之時，「犼」

的妖力消退，天女魃掙脫控制恢復了神識，為應龍唱出他最熟悉的歌。應龍震驚得全身發抖，湧出說不盡的悲痛，天女魃以唱出最後的歌聲來安慰應龍，冰冷的眼淚一顆一顆隨著她的歌聲漸漸消失……

應龍全身冰冷，三千年來累積的靈能，在斬殺蚩尤、夸父的艱難戰爭中已經大大損耗，勉力和旱魃大戰後，又因為認出天女魃而心神俱碎。不知道是神力耗盡，還是他不想回天庭了，從此便選擇移往南極，漂泊在茫茫大海裡。

直到大禹治水遇到問題時，應龍才又出來幫忙。應龍在前頭以尾劃地、崩山裂谷，引導長著鳥頭又拖著蛇尾巴的「旋龜」，背著神奇的「息壤」，把它一塊一塊投向大地。息壤可以迅速長出泥土、填平鴻溝。大禹沿著應龍所劃的地方，整脈開河、引水入海，為滔天洪水找出疏導的去路。

「那現在呢？應龍到哪裡去了？」開明獸悲痛的大喊：「怎麼這麼不公平啊！應龍是黃帝手下戰功最顯赫的戰將吧？加上他對人類的貢獻這麼大，應該得到獎勵啊！」

「有時候，天上人間就是找不到公平啊！」白澤悲傷的面容，綻開一朵如小花般脆弱的淺淺微笑：「不過，應龍說了：『幸好我們總是能找得到愛。』」

7 握著愛

開明獸每天纏著白澤問這問那，愈來愈覺得白澤帶點自在瀟灑的書香氣質和英招有點像，很自然的就把對英招的嚮往和熱情投射到他身上。開明跟他聊起英招各種「漫天花雨」的花樣，還說了化成陸吾九尾的花雨點描畫，和各種逗得大家哈哈大笑的小故事。

白澤搖搖頭，瞪了開明獸一眼：「別作弄大總管，坐他這個位置真的很不容易。」

率性的白澤不受威權羈絆，常對各界天帝提出評點批判，不過對於中間階層的管理人，他卻特別尊敬陸吾「對上不卑不亢、對下寬容庇護」的個性。白澤一直相信「不爭不勝、安住身心」就是好生活，便再為開明演示了遠古洪荒的洪流災厄……

當時為了讓人間生靈稍稍喘一口氣，「鯀(ㄍㄨㄣˇ)」偷了天帝的寶貝「息壤」，這種不斷增生的神土可以用來掩堵洪水，就在鯀快要成功的關鍵時刻，天帝發現了這件事，派出火神祝融在羽山殺死鯀並收回息壤，再以洪水淹沒了一切。

鯀死後，身體三年不爛。心裡對鯀帶有歉意的祝融，悄悄剖開了他的身體，結果「禹」從鯀的體內跳了出來，鯀的身體也化為黃龍飛向遠方。時間一久，看到生靈苦難飄零的天帝氣消了，終於願意出借息壤給禹，讓他繼承父親的遺志繼續治水，還加派陸吾和應龍前來協助。

這下又惹惱了水神共工。他自恃奉旨大顯水能，豈肯聽命於乳臭未乾的大禹？於是他挾洪流從西方淹至空桑，整片中土都變成了一片汪洋。陸吾在這個艱難的時刻承擔起責任，奮力抵擋共工。

開明獸聽到這裡大為興奮：「啊，師傅離開崑崙山啦？怎麼樣？一定是大勝回來吧！」

「九戰皆敗。」白澤回答。

開明獸聽了張口結舌：「這……師傅也太遜了吧？」

「陸吾不敢勝，怕激怒共工造成更大的災難；但他也不退守，始終站在第一線，為大禹爭取時間。」白澤解釋。

那時大禹在茅山和群神商討征伐共工的方法，但是防風氏遲到了，大禹便以「不受軍令」為由將防風氏斬首。因為紀律嚴明，大禹很快就威令諸神戰勝共工，最後把他放逐到遙遠的幽州，永遠不能再危害中土。

共工的神力始終受到人們敬畏，直到死後埋在「共工之臺」，人人搭弓射箭時仍然不敢朝向北方。因為敬奉他是水利神，連他的兒子「句龍」也被奉為「后土」，也就是土地神，祈願共工因為心疼愛子，會庇護這片大地。

但是共工之臣「相柳」，卻是一個擁有九頭蛇身的凶神。相柳喜歡吃土，九個頭一口氣就能吞下九座山，所到之處全都被他吃得一乾二淨。江河堤壩上的土沒有了，導致洪水爆發、淹沒陸地，他以口水變成水澤，血氣腥臭，人間的生靈都無法生存。

講到這裡，白澤笑著向開明獸說：「英招參加了這回誅殺相柳的任務。」

「英招也來了？」開明獸九顆頭上的十八個眼珠子都亮了起來，「這下子，應該大勝了吧？」

「也不算大勝。」白澤嘆了一口氣。

最後是駐守在槐江山邊的山神，他和英招感情深厚，也不忍天地遭劫，於是自願跳進相柳腹中，和英招裡外呼應，最後才終於成功殺了相柳。

相柳的滿腹脂油腥熏息染，屍身腐臭得太快，到處疫癘橫行。英招找了霜神和雪神一起合作，用霜雪冰凍相柳的屍首。但他的屍身又化成無數條蛇，血液流過的地方萬物凋零、五穀不生，混著泥土形成劇毒沼澤。大禹曾經三次填平沼澤，卻三次都塌陷了，最後還是靠英招耗盡神力，才將千丈長的相柳埋到幾百里外的土丘，後人又在上面築了帝嚳、丹朱、帝舜的神臺來鎮壓惡靈。

「真可怕！」開明獸倒吸了一口氣。

「你說，陸吾的不勝和大禹的威令必勝，哪一個人更有智慧？你師傅跟英招相比，誰更厲害？」

突然被白澤這麼一問，開明獸哪裡敢多說話？只是吐了吐舌頭。

白澤嘆了口氣說：「天地剛剛醒來，有太多的執著和戰爭、勝利和失敗，也藏著太多的不服氣和不甘願。我對所有的戰爭都厭倦了，更能理解陸吾的不爭不勝。能在崑崙山隱居、受到陸吾照顧，我覺得很幸福。」

「你還氣英招奪你摘星術，和你絕交，狠狠的斥責你嗎？」白澤轉過身，對著蒼茫虛空淡淡的說：「也許他是想到那些年的惡戰，若不是天帝縱容共工、共工縱容相柳，就不會有後來那麼多血流成河。」

「包容是愛，縱容也是愛。難的是，我們該怎麼分辨呢？」開明獸覺得自己變聰明了，忽然想起師傅常常說的話：「自己想！師傅每次都希望我們自己想，就是要我們養成自省自律的能力。」

雖然看不清楚白澤的形體，但開明獸還是準確的牽起了他的手。白澤的手軟軟的透著溫暖，讓人想起了師傅。開明知道自己不像白澤那麼聰明博學，但他不必太聰明，也不需要太博學，他非常確定自己手心裡握著的，就是愛。

長大，真好！

1 夸父的追尋

自從認識白澤這個「知識控」以後，開明獸覺得自己成熟很多。雖然莽莽撞撞闖入了時空的混沌，意識沉睡了一段不算短的時間，卻也幸運的得到女媧引導，在天地初醒的混亂爭戰中，慢慢領略到天地間的日月星辰、山川草木，和其中各種強烈的情感和執迷。每一個神靈的選擇，都在小小的轉彎處，對世界形成巨大的變化。

盤古打破空間混沌，開天闢地；燭龍接手切開時間渾沌，讓日月開始流淌。在天地初醒的一片混亂中，女媧補天，伏羲發明，神農種植，祝融給火，共工注水，黃帝和蚩尤決戰，應龍和天女魃痴心成全。開明常常想起白澤問自己的問題：陸吾的「不勝」和大禹的「必勝」，到底哪個人更有智慧？陸吾和共工對戰九戰九敗，對比英招不斷為相柳的殘暴收拾善後，究竟誰更厲害？

這陣子，開明多了一些領略想和白澤討論，卻一直找不到他的蹤影。難道白澤也像師傅一樣，發現自己長大了一點點，就只能「自己想」了嗎？說也奇怪，開明獸自以為對崑崙山愈來愈熟悉，卻從來找不到白澤的家藏在哪一個角落，好像他的家會隱形似的。

白澤真的好神祕啊！聽他說話時，覺得他和藹可親；不說話時，又好像隔著一層紗、一層冰，朦朧又冷漠，不容易靠近。也許就像白澤說的，他厭倦了所有的戰爭，在崑崙山隱居誰都找不到他，就是他的幸福。

開明獸長大了，學會尊重每個生靈的選擇，珍惜瞬間交會的溫暖，雖然有一陣子沒看到白澤，但他的掌心裡還留著白澤的溫暖。開明獸知道，有很多迷惑和追尋，一定要像師傅說的「自己想」才能真正領悟，他不能在依賴英招之後又習慣性的依賴白澤。

他開始在繞著崑崙山練跑時，停留在每一個方位張望極遠處。他有十八顆眼睛，可以輪流確認時間和空間的延伸，還有十八個耳朵，能專心傾聽天地間的輕微聲息。風吹過來、雲流過去，他慢慢生出一種靈能，可以辨認出風的聲音、雲的絮語，以及每一片葉子飄落的嘆息。

在西北岩石上遠眺大荒時，開明聽到了極北處有桃花在低吟。「這怎麼可能呢？在那麼冷的北方，桃花是怎麼活下來的呢？」開明心生疑惑。

奇特的是，風中傳來桃花細細的笑聲：「應龍爪下，夸父也活下來了啊！」

「啊，怎麼會？」開明感到有些驚訝。

於是，桃花繼續輕聲說著遙遠的故事——原來啊！涿鹿戰後，夸父沾著一身血污，從千百具屍身中掙扎出來，在荒原中茫茫遊走，不知道走了多遠，也不知道經過了多少時間。有一天他睡熟了，金色的陽光照著他的臉，烘著、暖著，慢慢把他的意識兜攏了，重建起對這個世界的認識。

夸父彷彿從一場噩夢中醒來，他仰望蒼穹，陽光下的世界這麼美麗，暖意穿透他冰涼的肉身，慢慢滲入內心深處，為他洗淨血污、生出光亮，讓他知道自己還有可以守護的希望。夸父生出決心：他要好好活著，好好看著天地生靈慢慢長大，無論如何都要向「有光的地方」走去。

後來夸父到成都載天山定居，在毒蛇猛獸橫行的世界裡，他抓住凶惡的黃蛇掛在耳上做裝飾，手上還甩著兩條黃蛇，告訴大家任何挑戰都不足為懼，生而為人，就是要奮鬥！

有一天，太陽剛升起，他便邁開大步開始逐日。太陽飛快的轉，夸父不停的追，餓了摘野果、渴了喝河水，他跨過一座座高山、穿過一條條大河，眼看終於就要在禺谷追上太陽了，沒想到卻虛脫得暈了過去，當他醒來時，太陽已經下山。然而夸父不曾氣餒，等到天一亮，他又鼓起勇氣重新出發，跑到渾身水分都被蒸乾了，就衝到黃河邊伏身喝乾河水，還是不解渴，就又喝乾渭河水，最後決定往北去喝北極大澤最冰涼的水。就這樣跑著跑著，夸父實在太累太渴了，終於支持不住，慢慢倒了下去。

他回眸看著來時路，心想不知道會有多少人沿著這段路一路奔來？夸父的精魂懷著最後的願望，身體化成一座大山，手杖變成雲霞般燦爛的桃林，讓身後千千萬萬年的千千萬萬人，嚮往著桃花的美麗，餓了、渴了還有湯汁鮮美的桃子可以滋養，更讓大家有機會實踐對光明和真理的追尋，並向大自然發起挑戰。

風中桃花傳說著故事的結局：「夸父死了，一個又一個嶄新的生命，卻在同樣的追尋和勇氣中，開始不同的人生旅程。因為有這麼多愛的奉獻、死的掙扎，我們更應該好好活著。」

每天太陽出來的時候，就是充滿希望的開始。當開明獸從深藍溶穴醒來，對星星樹底的小紅星說「很愛很愛你」的時候，他知道這世界還有更多生靈生活在不同的角落，真心為愛奉獻、安心選擇死亡。為了守護更多的人，我們都要好好活著、安心長大。

2 蚩尤的枷鎖楓葉林

聽過極北桃花傳來夸父的故事後，開明獸開始好奇，蚩尤也逃過應龍的剿殺了嗎？會不會他還活著呢？

每一天，在風中、在水中，在每一個呼吸的瞬間，他都專心致志的向天地提問：「蚩尤有八十一個兄弟，個個獸身人面、銅頭鐵臂，並且擅長製造各式各樣的兵器。有沒有可能靠著一種特殊武器，以及兄弟之間的情義掩護，讓蚩尤最後從應龍的爪下逃出生天呢？」

日子久了，無論開明獸走到哪裡，總會被風中吹來一片又一片的血紅楓葉打中，雖然不痛，但是楓葉用一種奇特的方式，環繞著他的脖子、黏附在他身上。

「怎麼會這樣呢？現在可是盛夏啊！楓葉怎麼紅得這麼怵目驚心？」開明生出滿腹疑惑。

這些楓葉慢慢飄浮起來，乘著風繞著他旋轉，風中傳來一段悲傷的低吟，宛如遲緩行進的哀歌，聲聲句句都是回不去的悲傷。

片片楓紅像吟唱詩人般，唱起了遙遠過去的涿鹿戰場：黃帝結合了大部分的部族勢力，用「龐大的生靈族裔」和「蚩尤存亡」說服西王母，獲得神能結盟，指派九天玄女來親授兵法，抓夔龍製雷鼓、造指南車。最可怕的是，由風后引出山川靈能布下的「八陣圖」，最後讓蚩尤的八十一個兄弟死在蚩尤之前，戰場血流成河。

應龍捉到蚩尤後，黃帝立刻在他脖子上套了枷鎖。因為剛毅勇猛的蚩尤出自羊水，頭長牛角，又具有呼風喚雨的水神異能，於是黃帝毫不猶豫的砍下他的頭顱，更把他的身體分別埋在遙遠的不同山區，提防他靠不死的法力再次復活。蚩尤戴過的枷鎖被扔在荒山，化成一片楓樹林，每一片血紅的楓葉，都染上了蚩尤的斑斑血跡，傳頌著蚩尤的剛烈熱血。

蚩尤死後，他勇猛仗義的形象仍然讓人敬畏。蚩尤雖不曾在人間稱王，也沒有像黃帝那樣獲得至尊神能，但他純真、率性，活得很真誠，不但有親密的八十一個兄弟和他同生共死，生活在他身邊的九黎、三苗部族也都活得自由自在，和他共享所有提升冶煉技術後帶來的富足，也藉由他不斷推陳出新的武器設計，得以各自守護著自己小小的生活樂土。

蚩尤戰敗後，他們在哀痛中生出決心，一次又一次積聚力量，發動過好幾次大規模的反抗鬥爭。聰明的黃帝為了收攏天下，刻意提升蚩尤的地位，讓他化為「兵主」，也就是「戰爭之神」，再運用文宣進行長遠的心理戰，把他的形象畫在軍旗上，一方面鼓勵自己的軍隊勇敢作戰，一方面用來恐嚇敢於和他作對的部落。

這麼做還有一個最重要的作用，就是要提高蚩尤的神格，和這些前赴後繼、寧死不屈的反抗軍進行和解。後來黃帝得到了各地族裔的支持，漸漸成為各種大小生靈的精神領袖，慢慢創造出大一統的和平世界。和平的生活過久了，大家珍惜得來不易的安寧，從心底升起對戰爭的厭棄，戰神蚩尤就這樣慢慢被遺忘了。

為了延長和平歲月，有些史官開始歌頌黃帝、醜化蚩尤，讓他淪為妖魔、邪神。但還是有一些人，會在貶損戰敗者的傳說故事裡，藏著對蚩尤和他身後反抗軍的驚嘆。那種為了爭取自主而抗爭的精神，透過薄薄的楓葉哀歌四處散佚，仍然撼動人心。

楓葉的旋舞哀歌慢慢安靜下來，一片片飛舞的楓葉耗盡了稀薄的靈力，紛紛掉落下來，化為血霧般的粉末，沉入大地、飄向江流，安安靜靜的來了又去。

眼前的崑崙山又恢復成原來的樣子，這些神祕的楓葉好像從未出現過一樣，只剩下開明獸腦中迴旋著黃帝的大一統和平計畫，以及蚩尤生靈自主的主張。開明獸回想起白澤的問題，慢慢感受到大禹的「威令必勝」，必將產生勝負和滅絕，而陸吾的「九敗不勝」，是不是反而會留下更多共生的機會呢？

開明獸好想啟動「洞察萬物」的能力，驗證自己的想法正不正確。他想讓自己的神識浮遊到蚩尤枷鎖化成的楓葉林，在那裡住上一段時間，白天聽聽蚩尤楓葉林的風聲細雨，晚上感受整個生靈魂魄留下來的呼吸脈息；他也想找到黃帝的大一統聖域，看一看太平盛世，

聽一聽在最幸福的和平年代，是真的所有生靈都過著幸福快樂的生活嗎？對於日復一日的平靜幸福，他們對未來又懷抱著什麼樣的願望呢？

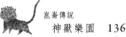

不過，開明知道自己現在還不夠強大。女媧娘娘說過，他的靈能只是一股小氣流，如果強行穿透強大的意識氣旋，很快就會沒入無限擴散的氣場，不一定有機會能拉回來。

開明獸不想再惹麻煩，於是期許自己慢慢修練，直到壯大到擁有豐沛的靈能，才能以開闊心胸做出清明判斷。反正他不急，歲月漫漫，有得是時間，總有一天等他長大了，大部分的答案他都會想清楚的。

3

刑天的歌聲

開明獸接收了陸吾的期許，自裂玉中誕生。後來他對英招的無所不能充滿嚮往，一直拼命挑戰自己的極限想要飛向天空。然而在學會西王母的「摘星術」又因故失去能力後，他對「力量」和「速度」產生了一種難以說盡的執著。

直到認識白澤，開明才稍稍停下了腳步，學會提問、思索和判斷，等到白澤消失無蹤後，他才真正停下來，用過去從來沒有發現的「心念」，體會到自己的眼睛、耳朵早已收納了無數個寬闊的小宇宙，而且這些世界比他所能想像的都還要廣大。

開明以前很羨慕英招有一雙翅膀，可以到世界各地旅行，但現在才理解，也許別人也會羨慕自己，有一座永遠探索不完的崑崙山，還有十八顆眼睛、十八個耳朵，可以無止境的停留在微時空中，一個人靜靜旅行。

開明聽到了簡單又快樂的歌聲，像冬日雪融時扶犁迎春的小小期盼，也像日暖秋收後領略豐年屆近的滿足，彷彿有一小群又一小群依賴土地生活的人們，隨著一葉葉嫩芽的抽長齊聲歡唱，快樂的音符自由飄飛，讓每個冬雪底層都藏著充滿希望的春芽，值得安心等待春日到來。

「這是誰的歌聲呢？」開明聽了又聽，那簡單的音調中帶有飽滿的均衡，褪盡了現實的負擔，沒有勝負、沒有評價，只有當下的滿足。

他慢慢唱著這些歌，從中領略出一種深刻的感情。

「啊！這是在黃帝建立起大一統秩序前，有個掌管音樂的巨人在溫暖南方創作出的〈扶犁歌〉和〈豐年詩〉。」歌曲讚頌著日月浮沉，在風雨霧露裡日日打開眼睛，就能感受到簡單的幸福。

開明好喜歡這麼純真開心的樂曲，彷彿還聽得到這位熱愛音樂的巨人，帶著清淺的微笑，用歌聲記錄著他關愛的土地。

「這些美好的歌聲到哪裡去了呢？」開明獸張開九張嘴巴，慢慢吟唱著〈扶犁歌〉和〈豐年詩〉，自成九部合音。

天籟般的歌聲形成時空階梯，讓開明看到蚩尤戰敗後，幾次大規模反抗黃帝的抗爭，一直牽引到遙遠的南方。簡單的生活模式被打破，蚩尤身首異處，讓這個一向只拿樂器、不發脾氣的音樂家，忽然覺得所有的美好都崩潰了。

巨人決定不能置身事外，自己一定得做些什麼才行！他掄起一柄巨斧，握著長方形的盾牌，一路過關斬將，奪開重重天門殺到天庭，直接挑戰黃帝。兩人劍刺斧劈，從宮內殺到宮外、從天庭殺到凡間，一直殺到常羊山旁，黃帝猛然砍下了巨人的頭顱。這個戲劇性的轉折震驚天地，以致大家忘了巨人的名字，忘了他原來只是個快樂的音樂家，就直接叫他「刑天」，意思就是「被砍頭的無頭巨人」。

當他的頭顱從脖子上滾落時，刑天不甘願受死，又重新站了起來，急著把斧頭交到握盾的左手上，伸出右手在地上摸索尋找，準備找回自己的頭顱重新安回頸上，再和黃帝大戰一番。黃帝怕他找到頭顱後重新復活，連忙舉劍劈向常羊山，讓刑天的頭顱滾入山中，再收合山脈，把頭顱深深埋在地底。

刑天摸著參天的大樹、嶙峋的岩石，劇烈的願力使老樹折斷、岩石崩塌，卻還是沒找到自己的頭顱。他想著「扶犁」的新鮮璀璨，想著「豐年」的自在富足，想著美好生活的破碎，想著永遠不能重回的簡單幸福。那沉在無限溫柔底層的巨大憤怒，突然如同火山噴發一般……刑天不想就這樣敗在黃帝手下！突然，他拿起盾牌，重新舉起大斧，向著天空胡亂劈砍，繼續和敵人拼死搏鬥起來。

沒有頭的刑天赤裸著上身、昂揚著精神，就像把兩乳當做眼睛、肚臍當做嘴巴，用整個身軀當做頭顱，揮起斧、舞著盾，固持著一場驚天動地的延長賽！

黃帝心裡湧起一陣顫慄，他知道刑天殺不了自己，但他也不想再傷害刑天。就這樣，黃帝退場了，只留下斷頭的刑天，至今還在常羊山附近，揮舞著他最後的武器。直到千萬年後，有個名叫陶淵明的詩人，在亂世中歌頌著「刑天舞干鏚，猛志固常在」，期盼找回刑天的

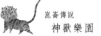

勇氣，再造人世間的和平安寧。

「他不屈不撓的精神好頑強啊！」開明獸覺得心裡酸酸的，對刑天生起無限敬意。

開明獸的「心念」圍繞著還迷失在常羊山、繼續揮斧舞盾的刑天身邊，溫柔的唱出〈扶犁歌〉和〈豐年詩〉，也唱出美好生活的重建，以及簡單幸福的永恆。

九部合音流動、環繞著，日復一日慢慢安定了刑天的心神。歷經這麼久遠的時光，刑天終於棄斧丟盾，慢慢躺了下來，就此寧靜的睡去。他兩乳彎彎向下鬆開，彷彿帶著笑意，更特別的是，他連肚臍眼都笑開了！

世界的喧囂慢慢消失，只剩下刑天最心愛的那些歌聲……

4 皷的悲傷

開明獸的靈能慢慢壯大，他的眼睛看得很遠、耳朵聽得很細，神識安定，再也不會受到要不要打開「洞察萬物」能力的引誘。

有一天，他接收到一股從遙遠北方慢慢傳遞過來的豐沛氣流，這股氣流感覺非常熟悉，細心分辨後有點像是燭龍。

「燭龍？」開明的心跳了一下，身體有些發抖，深怕自己又被拉進強大的意識氣旋，沒入無限擴散的時空混沌中。

在他還來不及做任何反應以前，開明聽到了一個低沉的嗓音，像是從遠方傳來，又像是貼在他耳邊低語，聲音慢慢的引導他：「別怕，安定下來。閉上眼睛，關掉耳朵，做個深呼吸。我是燭龍，你沒有通過法術強行擠進我的意識流，所以不會發生危險的。現在，你只要用『心念』看我、聽我就好。記住，你長大了，我想讓你到崑崙山南坡來，替我看看鼓(ㄍㄨˇ)和葆江。」

「什麼葆江？」開明獸大聲詢問，但是他話還沒有說完，卻感覺到燭龍的聲息瞬間消失了，只剩下他在崑崙山上大吼大叫：「鼓又是誰？」

四周只有風捲樹葉和溪流沖刷的聲音，燭龍的出現和消失都太快了，短得連一場夢都算不上。開明獸沒辦法，只好往南搜尋。他讓十八顆眼睛、十八個耳朵靈力全開，連九個鼻子的嗅覺也驅使到極限，終於聞到了一點點稀薄的燭龍氣味。

開明循著氣味前行，張開眼睛和耳朵全方位戮力搜尋，直到遇見一隻外形有點像鶴，仔細看又不怎麼像的「怪鳥」。他到底是什麼呢？

「你是誰？到這裡做什麼？」這隻鳥率先發問。

開明獸嘆了口氣說：「我才想知道你是誰呢！我也不知道來這裡能做什麼？是燭龍叫我到南方找鼓和葆江。」

「燭龍？都過這麼久了，他要找鼓和葆江做什麼？」他的口氣有點衝。

開明獸眼睛轉了轉說：「難道你就是鼓？還是葆江？」

「葆江什麼都沒留下，就埋在這座山底下。」這隻特別的鳥別過頭，神情有點哀傷。

開明獸一下子就明白了：「那你就是鼓囉？你們和燭龍到底是什麼關係呢？」

「我不是皷，和燭龍也沒什麼關係。」他很堅持。

開明獸搖搖頭說：「我不相信，你就是皷。你應該是燭龍的兒子，身上還留著燭龍的氣味，而且……」

「而且什麼？」

聽到對方追問，開明獸反而有點遲疑：「我不知道該怎麼解釋。我曾經在混沌時空中和燭龍的神識糾纏在一起，好像可以感受到他的感情，他對你的關心真的很強烈啊！」

「我不相信！」皷情緒激動，天鵝般的叫聲變得沙啞。他停下動作時，意識翻江倒海，所有過往的甜蜜和悲傷全都倒捲了回來。

皷想起位於不周山西北四百二十里的峚（ㄇㄧˋ）山，出產黃帝最喜歡吃的玉膏。玉膏味道香甜，泉眼湧出時滔滔滾滾、沸沸揚揚。丹水源出峚山，向西流入稷澤，水色晶瑩，河底流著雪白的玉石。黃帝喜歡摘採峚山的玉石精華，種在鐘山南坡，後來便會生出瑾和瑜這類美玉，堅硬如栗粒，質地精密，潤厚而有光澤，無論是天神還是地鬼，都喜歡服食享用，君子佩戴這些玉石，還能趨吉避禍。

峚山上還長著茂密的丹木，枝莖赤紅，圓形的葉子開出黃色的花，結出來的紅果甜如蜜，光是吃一點點就有飽足感。最有趣的是，用一種獨特的黑玉膏澆灌丹木，五年後會開出無色花朵，並結出五味果實。

越過水澤往西北四百二十里處就是鐘山。人臉龍身的鼓正住在那裡，欽䲹是他的好朋友，他們常在山和山之間翻飛、在天地萬物中遨遊，那真是一段特別美好的青春回憶啊！

後來黃帝和炎帝作戰，他們支持溫柔的炎帝，聯手在崑崙山南坡刺殺支持黃帝的葆江。黃帝贏得勝利後決定反擊，便在鐘山東面的嵃崖殺了鼓和欽䲹。鼓死後化為鵕（ㄐㄩㄣˋ）鳥，外形有點像鶴，長著白色的腦袋、黃色的斑紋和又長又直的嘴，還有紅色的腳，發出的叫聲很像天鵝，出現時常會帶來旱災。欽䲹死後則化為大鶚，模樣有點像黑色的鵰，頂著白色的腦袋、赤紅的嘴和老虎的爪子，聲音像是晨鵠鳴叫。每每在戰亂發生前，他們都會急著向大家預告，但是他們的好心示警，卻被無知的人們當做是帶來災難的凶獸，讓他們更加傷心。

「你們對人間帶有太多遺憾和牽掛了。」開明獸摸摸鼓的頭，像深愛他的陸吾、英招、白澤一樣，代替燭龍對鼓付出無限憐惜：「無論經歷過多少傷痛，都放下吧！」

最後，開明唱起〈扶犁歌〉和〈豐年詩〉的九部合音，傳遞自在富足，也歌頌簡單幸福，祈願每一個生靈都能找到當下的幸福，無論好壞，世界還是會一直向前走。

5 帝江的幸福

開明獸很得意，想到自己不用再害怕被捲入強大的意識氣旋，就可以接收燭龍的神識，還可以延續並感受到燭龍的感情，他相信這一定是因為自己長大了，慢慢可以理清當年淹沒在時空混沌中的各種難解情緒。

過去，天地的故事太龐雜了，導致開明的意識全被絞碎，只能沉沉睡去。幸好遇見了具有非凡母性的女媧，找到他的神識細心梳理，又銜接起他的愛和嚮往，才慢慢把他牽回來。現在，開明開始懂得盤旋在那些磅礴氣場裡的人物和故事，更能夠對許多他喜歡的神靈產生深刻共鳴。

開明還記得，在腦海裡無邊無涯、氤氳沸騰的汪洋，曾經浮出東海天帝「倏」和南海天帝「忽」，他們結伴到中央天帝「混沌」的中土荒野嬉遊。混沌非常熱情，倏和忽總想著該怎麼報答混沌的招待，最後他們覺得每個人都有眼、耳、鼻、口舌這七竅，可以用來知香臭、辨五味、識五色、聞五音、吃五穀，享受人間的美好，偏偏混沌什麼感覺都沒有，於是他們決定帶著斧頭、鑿子來給混沌鑿竅。

倏和忽很小心、也很熱情的為混沌一天鑿一竅，過了七天，總算鑿好了七竅，但可憐的混沌禁不起這些折騰，竟然停止呼吸、神能盡失。

倏和忽非常驚惶，不知道該如何是好，沒想到混沌竟然就這樣死了！他們在傷心大哭的同時，發現混沌的身體還熱熱的，生命力牽著細絲，繞在永恆的時空中，始終不曾冷卻。日子一天一天過去，他們一直守在混沌身邊小心觀察，感覺從混沌身體裡掙出一股溫度，它慢慢的迴旋，把散佚在天地間的生命能量慢慢聚攏。繞著小小圓心聚集的能量微微發燙，一日一日成長茁壯，直到壯大成形後，便化為「帝江」。

帝江像是用黃布袋做成的太陽一樣，內裡有鮮黃的溫度，閃著紅光折射出熾烈的火焰。倏和忽好吃驚，沒想到混沌竟然重生了！成為帝江的他還是沒有眼、耳、鼻、口舌，彷彿是要向倏和忽證明他不需要七竅，這就是他最喜歡的生命型態。最奇特的轉化是他生出了六隻腳、四隻翅膀，這樣他就可以活在最喜歡的音樂裡，透過腳的踩踏、翅膀的飛翔，在歌舞中旋轉著、快樂著……

呼應帝江的歌舞，開明獸開心的運用九部合音，感受帝江重生的幸福。帝江卸下中央天帝的威權，同時也卸下重擔，只守在小小的天山上揮動他的翅膀，隨著從天山發源的英水，彎向西南流入湯谷，然後跳進湯谷，用全身的火焰把湖水烘得暖呼呼的，繼續招待倏和忽來泡溫泉。

天山上盛產豐富的玉石和金屬礦藏，最多的是石青和雄黃。帝江用石青煉製色料、用雄黃做煙火，每一天都在歌舞歡宴中，讓喜歡繪畫、熱愛煙火研究的各種生靈，找出更多組合變化的可能。

個性不同、才華不同的各級生靈，不論神、獸、仙、靈都喜歡帶著各種精采的作品，在這裡相互欣賞、研究、改進、再創造。與其說這是一個充滿創造力的「玩樂天堂」，大家更覺得帝江駐守的天山，是一大片創造力自由鮮活的「藝術學院」。有時候大家還會故意製作「留聲雲」，讓風帶著帝江的歌舞以及大家的笑聲，熱鬧張揚的從天山擴散出去。

開明獸常常聽到他們的笑聲，覺得這樣活著多好！他在深藍溶穴的玉溝深處使出神能，小心翼翼的掏出已經和藍玉糾纏在一起的星星樹，為她整理好彩虹枝葉，並在一千零兩顆星星的外緣，又繞上幾百顆冰晶藍玉。那是過去他為了計算自己浮在弱水上的時間差，獎勵自己的印記。

曾經，他以為自己一輩子都會陪在這棵星星樹旁，而自己生活的意義就是在每天睡醒時對她笑著打招呼。但是現在他不這麼想了，他想把這棵絕美的星星樹，送到最適合她的地方。

他捧著這棵樹，繞行崑崙山九座美如幻境的溶穴，揀選大小呼應、美如星星的九色溶玉纏繞在樹上。雪色、紅色、粉色、橙色、黃色、綠色、藍色、紫色、墨晶色的溶玉，映照著瑩白幽冷的星光，宛如一樹璀璨的美夢。他輕輕親吻了一下星星樹，然後依依不捨的將她託給花草精靈。

「真美啊！去吧，讓更多的人共享更多的美好。」

花草精靈把星星樹送到百花仙子手上，再轉交英招帶去天山。英招接收了陸吾長期捎來的訊息，理解開明獸努力長大的各種摸索和嘗試，決定成全他的願望，替他帶著星星樹來到天山。

帝江看到星星樹快樂得蹬起六隻腳、四隻翅膀，且歌且舞；英招退到星星樹右後方，呼應帝江的節奏，灑出「漫天花雨」創造出擎天複影。景色真是美極了！人人忍不住發出驚嘆。

在這之後，不同的藝術家繞著這棵星星樹，創造出不同的藝術特展。滿天的星星也出來了，他們看著這些原以為早已死亡的舊時夥伴，發現在藝術創作中，他們永遠不死，一天比一天更漂亮。

6 欽原的園藝迷宮

看到帝江的選擇，以及日日夜夜環繞在天山的藝術、煙火、歌舞、歡宴，開明獸反覆思索著：每一種生活樣貌，都有不同的意義和價值。不只有小紅星是為了「愛」和「美」誕生，只要我們在人生中擁抱愛、珍惜美，就有能力、也有義務讓世界變得更好。開明確定了自己的願望：他要讓每個生靈活得更像自己想要的樣子，讓整座崑崙山自由自在的成為「神獸樂園」。

就這樣，還分不清楚自己到底算不算長大了的開明獸，慢慢內化陸吾教導他的「警衛守則」：負責、低調、守護於無形。他想起在遠古洪荒時期從四地湧現的神、靈、仙、幻、精、魂、妖、獸……個個都身懷奇能，除了最簡單的保護自己，應該還可以做出更多貢獻吧？

開明獸的腦子裡，浮現「瑤池聖境」山腳下那隻體型和鴛鴦差不多大、可以像蜜蜂一樣螫人的神鳥「欽原」，也許自己可以找他幫忙……一想到接下來的計畫，開明打從心裡得意的微笑起來，身旁的花樹精靈被他嚇一跳，顫抖了幾下。

開明獸個性天真、外形勇猛，九張臉一起露出微笑，說有多詭異就有多詭異。不過這時的開明哪裡知道小精靈在想什麼？他光想到靠欽原幫忙就可能找出白澤，心裡特別高興！

他立刻向陸吾申請要「借用」欽原半年。欽原很習慣這種出借，以前他和土螻常常被英招借到「槐江山別墅」附近走來走去巡邏示警，但是這次開明獸沒有借用土螻，而是只借用了他一個人。

欽原孤伶伶的在沒有明確目標的小路上繞來繞去，當他停下的時候，開明獸對他下達了奇怪的指令：要他隨意的到處亂螫。這讓欽原很不高興，想起西王母收回開明獸摘星術的往事，他冷哼一聲：「你忘了星星樹的教訓嗎？被我螫到的花樹鳥獸都會死去，我可不像你，可以這樣爛螫無辜。」

「我記得，當然記得。」在欽原記憶裡總是嘻皮笑臉的開明獸，臉色暗了下來，表情變得非常嚴肅。

「欽原大哥，我覺得你的奇能非常特別，光用來做看門警衛實在太可惜了。這樣好了，你專挑那些受傷或是遭受病蟲害的花草樹木螫，他們活不久了，提早結束他們的痛苦也算是幫他們的忙。你說好不好？」

欽原想了一想，又哼了一聲，便自顧自的去螫那些看起來很脆弱的花和樹。

沒過多久，白澤竄了出來，連聲大叫：「唉唉唉，你別亂來好不好？」

「什麼東西？」欽原嚇了一跳，看到眼前冒出一團蓬蓬鬆鬆、朦朦朧朧的白球。

開明獸「嘻」的一笑，開心迎向前去：「白澤，我總算找到你了！」

「你這是幹什麼啊？為了找我，你想害死多少花樹啊！」白澤先白了開明獸一眼，接著很不高興的教訓欽原：「別以為你螫的都是些受傷或有病蟲害的花草樹木，那都是特別的偽裝好不好？你沒發現這四周的林相很特別嗎？讓人看了都沒什麼印象，無論往哪裡走，都好像在森林邊緣打轉，很難繼續走到深處。」

「有嗎？」欽原東張西望，感覺不出有哪裡不一樣。

開明獸聽懂了，得意的說：「我知道你不會任由這些花樹受傷，一定很快就會現身的！我就說嘛，憑我對崑崙山的熟悉程度，怎麼會總是找不到你。這一定和你的戲法有關係。」

「你這又是在幹麼啊？」白澤聰明多智、滿腹學問，但就是喜歡搞神祕：「我就不能維護一下自己的隱私權嗎？不想讓人知道我住在哪裡，這有什麼問題嗎？」

「當然沒問題！應該還有很多小生靈沒有你的能力，卻也想要維護自己的隱私權，你說對不對？」

聽到開明獸的問題，白澤露出神色難測的表情：「你到底想幹麼？」

開明獸央求白澤教欽原簡單的陣法，並且接受各種小生靈提出的

「園藝迷宮」申請，幫助他們保持神祕、維護隱私權。欽原完全聽不懂他們在說什麼，但是白澤很不高興的問：「你覺得這隻笨鳥，有辦法聽懂我這高深莫測的天地陣法？」

欽原也很不高興的怪叫一聲，開明獸趕緊親密的摟著他的脖子溫柔勸說：「欽原大哥，我知道你最善良，只要認真記住這些陣法規律，一定可以保護更多比我們更脆弱的生靈。」

「所以啊！麻煩聰明的白澤大神歸納、總結出一套最簡單的陣法，讓欽原大哥替更多小生靈在住屋周邊建立『園藝迷宮』，這就是最簡單的警衛系統。」開明獸央求白澤，並且開始規畫：「欽原大哥也不用真的去螫花樹，事先儲存螫液後再用彩虹仙水稀釋，不僅可以控制枯榮，還可以設計顏色呢。」

「這個好玩！」欽原表示贊同。

這樣一來，不僅能保障弱小生靈的生活選擇，欽原也因為生命意義提昇到「警衛2.0」而生出很多關於自我實現的想像。連一向和世界保持距離的白澤，都跟著燃燒起熱情，決定接受將欽原打造為「園藝迷宮總設計師」的任務。

至於小小的開明獸，他光是想起「長大，真好！」就生出了自己長壯又變高的錯覺。

7 簡單的美好

崑崙山的消息，有花樹草葉在風中交流，也有雨露水流在地裡滲透，很快的，大家都知道神鳥欽原正在提供「園藝迷宮」的服務。好多靈力低微、只喜歡待在角落的弱小生靈，因為欽原為他們經營出或大或小的「園藝迷宮」，讓他們能夠安靜舒適的躲藏起來，不僅活得更有安全感，他們也變得更喜歡欽原、崇敬白澤。

每一種生靈都有權利選擇自己的生活模式，即使和大家不一樣也沒有關係，只要大小生靈深以「自己是崑崙山的一員」為榮，這就是大一統的太平盛世，也讓崑崙山成了真正的「神獸樂園」。沒人知道開明獸居中協調的努力，但他慢慢領略了做到「負責、低調、守護於無形」的深沉快樂。

白澤難得現身在陸吾的檸檬黃溶穴，對他淡淡的說：「你這個小徒弟還不錯。」

只有和欽原非常要好的土螻知道真相，欽原能夠貢獻所長，都是出於開明獸的幫忙，相比之下自己卻成了沒有用的神獸，好苦悶啊！

別看土螻是一隻頭上生出四隻角的神羊，外形溫馴、貼近一般人的真實生活，他其實內心剛強無比，不但不吃草、專吃惡人，一旦遇到困難，總能堅持到底、絕不退縮，總希望自己的存在特別有價值。

「為什麼你不需要我的幫忙？你覺得我不如欽原嗎？」

每天看欽原為了提供「園藝迷宮」的服務忙得不可開交，土螻終於忍不住來找開明獸。

開明獸其實早就準備好一大把長得像李子，卻沒有核的「沙棠」果實等著他，土螻吃下後，從此就能飄洋過海、踏水不溺。

開明獸認真的拜託他：「土螻大哥，世界上脆弱的人多、堅強的人少，能力愈強、責任愈大，有一些生靈很幸運可以躲起來，但還是有更多沒地方躲、我們又照顧不到的人。如果他們遇到你，但願你能除去惡人，為他們創造一個安安穩穩活下來的機會，萬一遭劫，還可以把他們帶回崑崙山。」

千萬年後，人們在混亂的年代常遇見像土螻的人，他們被稱為「大俠」。不知道有沒有人猜得出來，其中哪一位大俠是土螻轉生的呢？

愛熱鬧的青鳥，早就把生活在「瑤池聖境」山腳下的欽原、土螻和沙棠的各種消息傳遞給西王母。西王母一向重視各種修練的提升與改進，她交代英招把「摘星術」的記憶還給開明獸，算是對星星樹一事的和解，也是對這種還在成長的小神靈極為難得的肯定。

開明獸愈來愈能理解陸吾為何選擇透過「九敗不勝」來爭取時間，為生靈留下共生的機會；也學會感謝大禹在「威令必勝」後開江闢谷，為人們留下一如〈扶犁歌〉、〈豐年詩〉那樣安逸幸福的生活。

開明不像白澤那樣反對黃帝的大一統威權，他知道合理節制的和平理想，確實可以減少很多衝突紛爭；但也非常認同蚩尤不靠威權，而是和八十一個兄弟並肩開發治煉技術，促進生活富足，結合體能和工藝之美來設計武器，同步完成練武健身和庇護家園的願望。

這樣到底算不算矛盾呢？開明想了想，也許「長大」的功課，就是得同時接受許多看起來互相悖離，卻又不得不同時存在的矛盾。

曾經，他聽著極北桃花壯烈的故事，心生悲傷卻還是對夸父追日懷著敬意；而在盛夏縈繞著血紅楓葉的哀歌，讓他即使身處太平盛世，仍然擔心所有生靈真的都過著幸福快樂的生活。但是開明還是聽懂了刑天的歌聲，那溫暖且元氣豐沛的曲調在他心中迴旋，讓他安心的打開心胸，接受了萬般存在都有其意義，真情實意的安撫刑天沉睡。還協助鼓和欽䲹放下遺憾和執著，並且由衷分享到帝江的幸福。

開明花了更多時間去看、去聽、去嗅，探究著什麼樣的生活形態才算是美好人生？太平盛世又該是什麼樣子？對於一天又一天平靜的幸福，我們對未來該懷著什麼樣的願望呢？有沒有人可以保證，在歷經這麼多場戰爭後，好不容易維繫下來的和平，又可以延續多久呢？

無論如何，開明當下的義務和責任跟陸吾一樣，就是要好好了解、守護崑崙山。總有一天，他會接下陸吾「崑崙山大總管」的職責，而讓所有生靈用自己選擇的方式，活出獨特的生活樣貌，聽到幸福的聲音，感受「吃好睡飽」，就是最簡單的美好。

國家圖書館出版品預行編目（CIP）資料

崑崙傳說：神獸樂園 / 黃秋芳著 ; Cinyee Chiu
繪 . -- 初版 . -- 新北市 : 字畝文化出版 : 遠足文
化發行 , 2020.07
面； 公分
ISBN 978-986-5505-23-3（平裝）
863.596 109006225

XBSY0022

崑崙傳說：神獸樂園

作　　者｜黃秋芳
繪　　者｜ Cinyee Chiu

字畝文化創意有限公司
社長兼總編輯｜馮季眉
責任編輯｜戴鈺娟
編輯｜陳心方、巫佳蓮
封面設計｜朱疋
內頁設計｜張簡至真

讀書共和國出版集團
社長｜郭重興　發行人｜曾大福
業務平臺總經理｜李雪麗　業務平臺副總經理｜李復民
實體通路暨直營網路書店組｜林詩富、陳志峰、郭文弘、賴佩瑜、王文賓、周宥騰
海外暨博客來組｜張鑫峰、林裴瑤、范光杰
特販組｜陳綺瑩、郭文龍
印務部｜江域平、黃禮賢、李孟儒

出版｜字畝文化創意有限公司
發行｜遠足文化事業股份有限公司
地址｜ 231 新北市新店區民權路 108-2 號 9 樓
電話｜ (02)2218-1417　傳真｜ (02)8667-1065
客服信箱｜ service@bookrep.com.tw
網路書店｜ www.bookrep.com.tw
團體訂購請洽業務部 (02) 2218-1417 分機 1124

法律顧問｜華洋法律事務所　蘇文生律師
印製｜通南彩色印刷有限公司

2020年7月　初版一刷　2023年1月　初版四刷　定價：330元
ISBN　978-986-5505-23-3　書號：XBSY0022